10年ぶりに再会した
クソガキは
清純美少女JKに
成長していた
2
館西夕木
ill.ひげ猫

「あの……私も、勇にいって呼んでもいいですか？」
げんどうじ・あさか
源道寺朝華

10年ぶりに再会したクソガキは清純美少女ＪＫに成長していた　2

館西夕木

CONTENTS

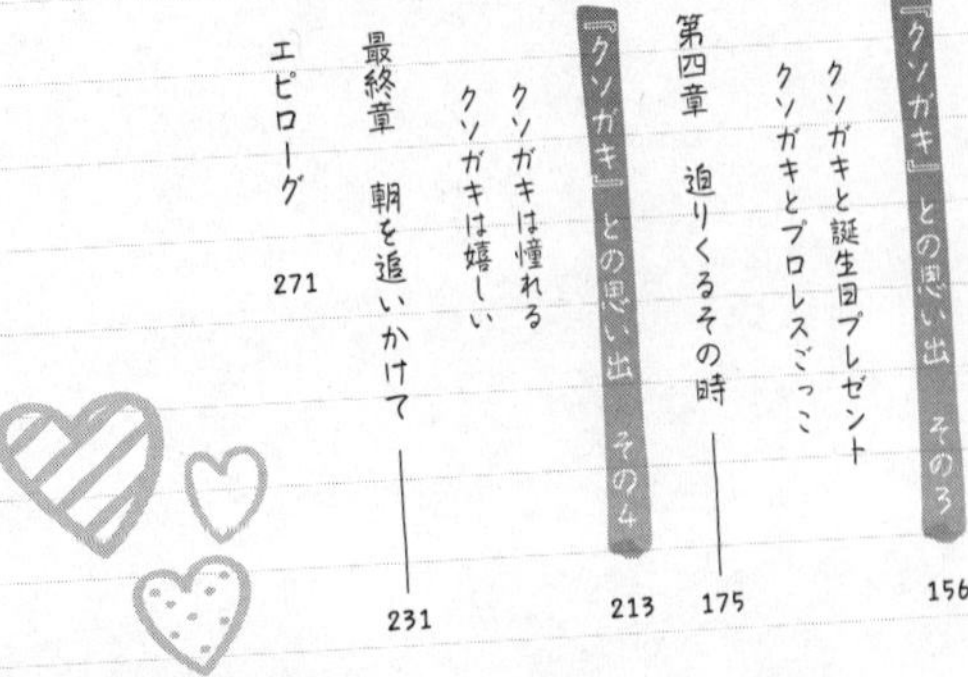

kanzai yuki

ill.higeneko

KUSOGAKI who met again for the first time
in 10 years has grown into an innocent beautiful girl JK

プロローグ

1

源道寺朝華は目を覚ました。

子供が一人で寝るには十分すぎる、キングサイズのベッドの上。部屋もベッドの大きさに比例するかのように広く、友達の春山未夜や龍石眞昼が初めて訪れた時はとても驚いていた。

「ふわぁ」

枕もとの眼鏡をかけ、ぐっと伸びをする。夏休みももう半ば。東に面した窓から差し込む朝の日射しは気持ちがよく、外を覗くともう辺りは明るくなっていた。

身支度を済ませて部屋を出ると、お手伝いのおばあさんが呼びに来るところだった。

「おはようございます」

「おはようございます、お嬢様。朝食の用意ができていますよ」

「はい、ありがとうございます」

他人行儀な挨拶を済ませて食堂へ向かう。

お手伝いさんたちはみんな優しいけれど、それは仕事だからだ、と朝華は子供ながらに分かっていた。

遊んでと頼めば彼らは応じてくれる。朝華の世話も彼らの仕事に含まれているのだから。

しかし朝華とお手伝いさんたちの関係は雇用主と使用人の域を出ることはない。朝華に対して過剰なまでの配慮を尽くして行われる遊びは、子供の朝華でも気を遣われていることに気づいてしまうほどであった。

彼らにとって自分の相手をすることはただの仕事。

朝華は分かっていた。

「いただきます」

大手医療機器メーカー〈ゲンドウジ〉社長の父と弁護士の母の間に生まれた朝華。年を重ねてから生まれた子供ということもあり、溺愛されて育てられてきたものの両親は共に働き盛りの年齢で家にいることは少なかった。

年の離れた二人の姉がいるが、一人は海外に移住し、もう一人は結婚して遠くで暮らしている。年に数回会うか会わないかという関係であるため、朝華にとっては姉というよりも親戚のおばさんという感覚だった。

父方の祖父も同居しているがかなり高齢で認知症も始まっているため、部屋からあまり動こうとしない。この時間ではまだ起きてすらいないだろう。

「ごちそうさまでした」

一人ぼっちの食事を済ませて部屋に戻る。

時刻は六時十分。ラジオ体操に行く時間だ。

スタンプカードと麦わら帽子を身につけ、早々に家を飛び出す。

「行ってきます」

「行ってらっしゃいませ」

我が家にいるのになんだか朝華は寂しかった。

＊

「ねぇ、今日朝華の家に行っていい？」

末夜が聞く。

「うん、いいよ」

ラジオ体操の帰りに〈ムーンナイトテラス〉に寄った。まだ開店前の時間だが、特別に入れてくれたのだ。

三人で仲良くコーヒー牛乳を飲みながら携帯ゲームに興じる。

末夜と眞昼に文字通り叩き起こされた有月はオレンジジュースを飲みながら眠そうにし

ていた。

「勇さんも来てください」

甘えた声で朝華が言うと有月は目をしばしばさせて、

「いいけど、ね、眠い」

「本当ですか!?」

今にも踊り出したい気分の朝華だった。自分の家に有月が来てくれるとなれば、家にいる時間も楽しくなる。

「朝華の家はすっごいんだぞ」と眞昼。

「そうなのか?」

「でっかい池があってな、池には橋があって、あと富士山も綺麗に見えるんだ」

「テレビもでっかいよ。こーんなだもん」

未夜は両手をめいっぱい広げる。

「全然伝わらん」

「とにかく行きましょう」

朝華は有月の手を取って引っ張る。

「いいけど、今日の朝華は積極的だな」

「早く早く」

「分かった分かった。準備してくるから、ちょっと待ってろ」

有月は身支度を整えるため、二階へ上がっていく。

「早くしろ勇にぃ」

「ダッシュだ勇にぃ」

未夜と眞昼が声を投げるのを見て、朝華はぼそっと呟く。

「勇に……勇さん」

「なんか言ったか？　朝華」

眞昼が振り返る。

「な、なんでもないよ」

まもなくして有月が戻ってきたので、三人はコーヒー牛乳を一気に飲み干した。

2

「うおお」

〈ムーンナイトテラス〉から徒歩で二十分弱。

俺は思わず感嘆の声を漏らした。

傾斜のある小高い山の中腹に源道寺邸は建っていた。場所は街の西部。

和洋折衷の大きな屋敷で裏手は山になっている。斜面に張り出した展望テラスがあり、なるほど、あそこからなら富士山が綺麗に見えそうだ。

お金持ちだとは前々から聞いていたがたしかにすごい。富士山のふもとのこの街を一望できる立地にこんな豪邸が建っていたとは。

俺の家はあの辺だろうか、とミニチュアになった街並みを眺めているだけで楽しそうだ。

「入ってください」

「お、お邪魔します」

「「お邪魔しまーす」」

俺が恐る恐る足を踏み入れる一方で、クソガキ二匹は勝手知ったる調子で入っていった。

「うおお」

漫画やアニメの金持ちの家であるようなよく分からない壺や絵画なんかはさすがに見当たらなかったが、置かれているものの質というか、スリッパ一つとっても『いいもの使ってるんすよ』感を受ける。

「すごいだろ」

眞昼が薄い胸を張る。

「お前が偉そうにしてどうする」

「おかえりなさいませ、お嬢様……おや、お客様ですか」

突然、曲がり角から老婆が現れた。

「石川(いしかわ)さん、私の部屋にお茶をお願いします。あっ、勇さんはコーヒーの方が好きですか？」

「ん、まあ、そうだな」

「じゃあ、勇さんにはコーヒーで」

「かしこまりました」

石川と呼ばれた老婆はちらと俺の方を見やり、微笑を見せると奥の方へ消えていった。

もしや、あれが噂(うわさ)に聞くお手伝いさんというやつか。

「こっちが私の部屋です」

「うおおお」

広い部屋だ。二十畳はあるだろう。窓際にはキングサイズのベッドがどんと鎮座し、未夜が言っていたように壁際に置かれたテレビも大きい。九〇インチほどだろうか。

寒すぎず暑すぎず、適度に空調が効いていて非常に心地いい。フローリングの床には市松模様のラグマットが敷かれ、その上にガラステーブルが置かれている。

「うおおおお」

こんなでかいテレビでエロDV……テ、テレビゲームができたらなあ。

「そうだ、朝華。お父さんかお母さんはいるか？　こいつを渡したいんだが」

母から手土産に洋菓子の詰め合わせを持たされていた。

すると朝華は顔を曇らせて、

「お父さんは会社、お母さんはこーはんの準備で最近は家にいません」

「そ、そうか」

まずい、地雷を踏んでしまったみたいだ。

親御さんは仕事が忙しいようでなかなか会えないのか。

俺は努めて明るく振る舞って、

「じゃあ、みんなで食べちまうか」

「いいのか」

「やったぁー」

未夜と眞昼が小躍りする横で、朝華が笑顔を見せる。

「ふぅ」

ほっとした。

「座ってください、あ、勇さんはこっち」

ガラス製の小さなテーブルを四人で囲む。朝華は俺の隣に座った。お手伝いさんがちょうどいいタイミングでお茶を持ってきてくれたので、そのままティータイムとなった。

その後、大きなテレビで映画を観たりゲームをしたりした。

いつもとやっていることは変わらないが、朝華(あさか)はいつもより楽しそうだった。

お昼前になる頃には、朝から遊び疲れたのか、クソガキ三匹は大きなベッドの上で仲良く眠っていた。

俺も眠いが、さすがに女子小学生のベッドに横になるわけにはいかない。睡魔をかき消すようにコーヒーの残りを飲み干す。

それにしても大きな家だ。

窓から覗(のぞ)ける庭には池があり、眞昼(まひる)が言ったように小さな橋がかかっている。つなぎ姿のおっちゃんが花壇の手入れをしているのが見えた。庭師だろうか。

見たところ、この家にいるのはお手伝いさんの大人ばかり。

一人ぼっちというわけではないが、この広い家に子供が一人だけというのはきっと寂しいんだろうな。

「勇さん」

「ん？」

振り返ると、朝華が起きていた。

「あの……」

朝華はベッドの方で眠っている二人をちらっと見た。

「どうした？」

恥ずかしそうに顔を赤らめ、俺の手を取る。

ついてこい、ということか？

朝華と手を繋いで、ここに来た時に外から見えたテラスに出た。

大きな富士山を展望できる。

いい景色だ。

「あの、勇さん」

「なんだ？」

何か言いたげな様子の朝華の頭を撫で、彼女と視線を合わせるために俺はしゃがみ込む。

もじもじと体をくねらせながら、朝華は普段よりさらに小さな声で言った。

「あの……私も、勇にぃって呼んでもいいですか？」

そう言って、朝華は顔を真っ赤にしながらうつむく。

なぁんだ、そんなことか、と大人の俺は思ってしまうが、幼い彼女は勇気を振りしぼってようやく口に出せたのだろう。

再び朝華の頭を撫でる。

「いいよ。っていうか、眞昼なんて会った日からそう呼んできたしな。朝華はいつ呼んでくれるのかって待ちわびたぜ」

ぱぁっと、朝華の顔が明るくなる。

「えへへ、勇にぃ」

抱き着いてきた朝華をそのまま抱っこしながら立ち上がる。暖かい風に乗って、正午の鐘が鳴り響いた。

第一章　緋色の想い

1

私立緋百合（ひゆり）女学院高等学校。

神奈川県西部に位置する全寮制の私立女子高である。全国各地から大企業や名家の令嬢が集まるいわゆる名門のお嬢様学校で、緋百合（ひゆり）女子大学の附属高校でもある。

勉学はもちろんのこと、上流階級の淑女としての教養——所作、身だしなみ、言葉遣いなどを厳格な指導で教え込まれる。

寮の規模は高級ホテルに勝るとも劣らず、一人一人に個室が与えられるほか、談話室、スパ、カフェテリア、シアタールームなどなど、息抜きの施設や設備も充実している。全国から集まった美少女令嬢たちがきゃっきゃうふふする、男子禁制の乙女の花園——というのは幻想である。

お嬢様といえどそこは年頃の女の子。

抑えつけられてしまえば、その分求めてしまうのが人間の性（さが）というものである。

ラウンジスペースに集まった生徒たち。男日照りが日常と化している彼女たちの話題に上るのは当然……

「あー、彼氏ほしー」

「それな」

「今年の夏こそは」

「そういえば九条さん、明日の土曜にkaiserの握手会に行かれるんでしょ？」

ウェーブがかった長い亜麻色の髪を撫でつけながら、火村さんが言った。

「ええ。五十枚買ったので、ハイタッチとハグもしてきますの」

kaiserとは現在売り出し中の若手男性声優ユニットである。

「いいなぁ、生の男と触れ合えるなんて。声優とか興味ないけど、生男子のごつごつした体を触れるなら私もＣＤ買おうかな」

「あら、天竜寺さん、アニメ見ませんでしたっけ？」と九条さん。

「アニメは見るけど、声優には興味ないの。私は二次元専門だし」

「矛盾してませんこと？」

「それはそれ、これはこれ。二次元の方が好きだけど生の男を触れるなら触るでしょうが」

「えぇ……」

教師から一般職員まで女性のみで運営されているこの緋百合女学院。

男女の交際は校則で禁止されてはいないものの、そもそも生活環境に異性が存在しない生徒たちは様々な抜け道で男との接触を図る。

厳格なのは学校教育の範囲だけであり、私生活はさほど拘束されることはない。外出届さえ出せば休日の行動は基本的に自由である。

「そうそう、軽音部が海炎高校の男子軽音部と対バンをするって噂聞きました？」

突然、九条さんが声を潜めて言った。

「初耳、詳しく」

二次元専門のはずの天竜寺さんの眼光が鋭くなる。

「一緒にセッションしてそのあと夜のセッションもするつもりなのね」

噂の詳細を聞くにつれて、火村さんの顔も険しくなる。

「不純異性交遊になる前に、風紀委員に言いつけてやりましょうか」

というよりこれはきっと、ただほかの生徒に抜け駆けをされるのが癪に障っているだけな気がするけれど。

「そういえば、昨日来てた業者の方がすごくイケメンでしたっけ。ね？　源道寺さん」

「……そうですね、火村さん」

問われて、源道寺朝華――私はぎこちない笑みを浮かべた。

「あ、そろそろ始まりますわ」

九条さんがテレビの電源をつける。ややあって、女性向けの男子アイドルアニメが始まった。

「きゃー」

「きゃー」

「きゃー」

二次元の世界のイケメンたちが画面を彩る。三人の友人の歓声をよそに私は息をついた。

その後、アニメを鑑賞し終えた私たちは解散し、各々の部屋に戻った。

窓辺の椅子に座って夜空を眺めると、綺麗な月が浮かんでいた。

「……」

満たされない。

何をしても一歩引いたところに自分がいる。

まるで観客として舞台を見ているような感覚。

アニメを鑑賞したり、学友たちと雑談に興じるのはたしかに楽しい。だけれど、その楽しいは心が満たされるほどではない。

日常を心の底から楽しいと感じることができない。

惰性で生きているだけだ。

ただ死なないから生きているだけ。

私は何が楽しくて生きているのだろう。

ベッドサイドの写真立てに視線を移す。

私を含めた三人の少女とその後ろに立つあの人。色褪せた写真だが、当時の思い出は鮮明に思い返せる。

あの頃は楽しかった。

一年にも満たない期間だったけれど、あの人――勇にぃと過ごした日常は私の宝物だ。

毎日がわくわくドキドキの連続でとても楽しい時間だった。

十年ぶりに勇にぃが帰ってきたという連絡が未夜ちゃんからあってから、そろそろ三か月が経とうとしている。思わず笑ってしまうようなとんちんかんな勝負をしていたようだが、それも無事終了したと聞いてほっとした。

静岡に帰れば、勇にぃがいる。

勇にぃのことを考えると、胸の奥が温かくなると同時にきゅっと締め付けられる。

会いたくて会いたくてたまらなかった彼が、ほんの片道小一時間の距離の先に……

その事実は余計に私の心を締め付けた。

翌朝、土曜日。

「あ、源道寺さん、目が真っ赤？」

食堂で向かいに座った天竜寺さんが心配そうに言った。

「そうですか？」

「寝不足？」

「……そんなところです」

「九条さんもさっき寝ぼけ眼で出かけて行ったよ」

「ああ、声優のイベントでしたっけ」

「私も久々に友達から会おうって連絡がきてさ、泊りがけで出かけるんだ。源道寺さんは土日のご予定は？」

私は一瞬考えて、

「……何もありません。部屋でのんびりしていようと思います」

そう言った。

2

午後五時前、〈ムーンナイトテラス〉。

「ほいよ、ミルクティー」

「ありがと」

「あ、いらっしゃいませー」

ミルクティーを置くと、勇にぃはお客さんの応対に向かう。

「はぁ」

私は息をついた。

約二か月半近くに及んだ名前当てゲームも無事に終わり、ようやく勇にぃに私の正体を気づかせることに成功したけれど、まさかここへきて新たな問題が立ち塞がるとは……

「おーい、勇にぃ」

声をかけるが、ほかのお客さんの雑談と壁にかけられたテレビのローカルニュースの音、そして小さく流れる店内ＢＧＭにかき消され、なかなか気づいてもらえない。

「はぁ」

私はぼんやりとテレビの画面に目を移す。女子バレーの特集のようだ。

『――と熊本エンプレスの合同練習に潜入しました。エンプレスの華山小春選手はなんと高校時代は富士宮北――』

テレビを流し見しながら私は考える。

これが子供の頃なら、周りの目も気にせず大きな声を出したり勇にぃに抱き着いたりしたのだけれど、高校生になった今の私が人前でそんなことをしたらただのヤバいやつだ。

勇にぃがこっちのテーブルのそばに来たタイミングでもう一度声をかける。

「ね、ねぇ、勇にぃ」

「なんだ、おかわりか？」

「いやさ、これ飲んだら部屋に上がってもいい？」

「いいぞ」

「勇にぃはいつ休憩なの？」

「まだ忙しいからな。母さんが休憩から戻ってきたら交代するつもりだけど」

「そっか」

「またあとでな」

そう言って勇にぃはまた新しく来店したお客さんの相手をする。今日はやけに混んでいるな。

忙しそうに働く勇にぃを眺めながらミルクティーを飲み終え、私は二階へ上がった。

「はぁ、どうすればいいんだろ」

私は悩んでいた。

いや、悩みというほど深刻なことではないのかもしれないが、容易に解決できる問題でもない。というのも、勇にぃ相手に子供の時と同じような接し方ができないのである。

今の私は子供の時よりもおとなしい性格になっている。これが災いした。

思い返せば、子供の頃の私は感情とその場のノリで行動しており、勇にぃ相手でも全く遠慮することはなかった。

やたらと体全体で密着するようなスキンシップを取ったり、勇にぃの都合など一切考えない甘え方をしたり、時には迷惑をかけまくったりとまさにやりたい放題であった。

それは子供だから許されていた行動であり、私自身も当時はそれを不自然に思うことはなかった。

それはそうだろう。当時は大人と子供の関係性なのだから。

しかし、十年という時が経ち、精神的に成熟した今の私にあの時のようなことができるはずもない。

大人と子供の関係はもう終わったのである。

今はもう一人の男と一人の女。

勇にぃの帰省から現在までは『謎の美少女』として接してきたが、いざ素の春山未夜としてコミュニケーションを取るとなると、どうしていいのか分からなかった。

眞昼(まひる)などは十年前とほとんど変わりなく接しているように見えるが、あれはあれで越えてはいけない一線をちゃんと理解しているはず……はず?

あの奔放さが羨ましい。

べったり甘えたいけれど子供の時のようにはできないし、なんだか気恥ずかしい。

何かに悩んでいるときは本を読むのがいい。気持ちが落ち着くし、頭が適度に働くので解決策をひらめくこともある。

ベッドに座りながら、私は推理小説を読み始めた。

勇にぃの部屋はやっぱり落ち着くなぁ。

午後六時を回ったところで部屋の主が顔を覗(のぞ)かせた。

「やっと休憩だぜ」

「あ、おかえり」

くたびれた顔をした勇にぃは、二人分のアイスコーヒーを手に部屋に入ってきた。

「ほれ」

「ありがと、大変そうだね」

「今日はやけにお客さんの入りがいいんだ」

「いいことじゃん」

「だな」

勇にぃは私の隣に無造作に腰を下ろす。私が微妙な距離感で悩んでるっていうのに、この人は全く気にしてないみたい。

「……」

「……」

「……」

「……」

うーん、会話が続かないよー。

子供の時、私はどういうふうに勇にぃと会話してたんだっけ。っていうか、何を話せばいいのかがまず分からない。人見知りで人と話すこと自体が苦手な私のコミュ力がここで足を引っ張るとは。子供の頃はそんなことなかったはずなのに、いったいいつからこんな控えめな性格になってしまったのだろうか。

頭をフル回転させ、会話の糸口を探す。

「ゆ、勇にぃ、今日はいい天気だね」

「……ん？　そうだな。──って、なんだいきなり」

「今日は富士山が綺麗に見えたね」

「晴れてりゃいつも見えてるだろ」

「ぐぬぬ」

ああもう、なんで話の腰を折るのさ！

人がせっかく──

「そういや何を読んでたんだ？」

「ふぇっ？」

私の心臓が鼓動を速める。

勇にぃが私の方へ顔を突き出したのだ。胸のすぐ前に、勇にぃの顔が……

「す、推理小説だけど」

「ほう、『有栖川有栖』か。なんだ、お前もミステリ読むのか……っていうか、読書すんのか!?」

勇にぃは分かりやすく驚いた表情をしてみせる。

失礼な！

「部活はミス研だし、読書好きだもん。勇にぃが東京に行ってから、この部屋の推理小説読み始めて、それでハマったの」

私がミステリフリークになった経緯を説明すると、勇にぃは表情を輝かせた。

「そうかそうか、昔は本といえば漫画だったお前がなぁ」

言いながら私の背中をぽんぽん叩く。

「ひゃっ」

背中の触れられたところが熱い。

なんだか緊張して汗をかいてきたよ。

この人の中では、私はまだクソガキのままなのだろうか。

「ところで作家アリスと学生アリスだったらどっちが好きだ？」

「……うーん、学生アリスかな。ロジックをじっくり積み重ねてくのと、クローズドサークルの作り方が巧いから」

「分かる」

「個人的には学生アリスの方をドラマ化してほしかったかも」

「えっ、ドラマ化したのか？　いつ？」

「もう結構前だよ。勇にぃ、知らなかったの？」

「いやぁ、東京にいた頃はテレビなんか見る暇もなくてな」

「えぇ……」

この人はどんな環境で働いていたのだろうか。

「やっぱ本格だよな。本格ミステリはさ、雰囲気がさ、いいんだよ」

「館物とか？」

「そうそう。怪しげな館に薄幸の美少女とか最高だ。叙述トリックはどう思う？」

「オチとしてはありだけどー、でも『これは叙述物です』って帯で匂わされてるのを見ると読む気失くすかな。『どんでん返し』とか、『あなたは必ず騙される』とか」

「たしかに、叙述物だと分かって読む叙述物ほどつまらんものはないな」

「あくまで不意打ちで来てほしいよね」

「じゃあ倒叙は――」

あれ？

さっきまでの心配が嘘のようにすんなり話せている自分に驚いた。この人の横にいると、不安そのものが熱湯に放られた氷のように消えてしまう。

心が安らぐと同時に高揚してもいる。

不思議な感覚だ。

「うーむ、お前とミステリを語れる日が来るなんて、思ってなかったぜ。というより、ミステリを語れるようなやつが身近にいなかったから新鮮だ」

言って、勇にぃは顔をほころばせる。

「そうなんだ……へへ」

その笑顔を見て、私は特等席にいるんだな、って今気づいた。

昔と同じようにはできないけれど、あなたと一緒にいる時間の心地よさは昔のままだったから。

3

ざぁざぁと絶え間なく鳴り続ける雨音。

「いよいよ梅雨入りねぇ」

窓の外を憂鬱そうに眺めながら母が言った。

空を重たく覆いつくす鼠色(ねずみいろ)の空。降り注ぐ無数の雨粒がアスファルトを打つ。

朝からぽつぽつと降りしきっていたが、昼過ぎ辺りからどんどん雨脚が強くなってきた。しかしながら客足が減るということもなく、〈ムーンナイトテラス〉の営業には影響があまりない。

仕事に影響がないのはありがたいが、雨だと外出が億劫になるのが辛いところ。

車でも持っていればまだマシかもしれないが、俺はマイカーを持っていないのだ。東京にいた時は、仕事では社用車を運転していたがそれ以外だと基本的に徒歩か電車で移動をしていたし、そもそも休日に車に乗って出かける余裕などなかった。平日の睡眠負債を解消するために、休日は基本的に朝から晩まで眠って過ごしていたからだ。

しかし俺もアラサーだ。車くらいは持っておいた方がいいだろう。特に地方では車がないと不便を感じることが多い。

貯金もそこそこあるので、思い切って車を買ってみようかな。父が車好きなので今度聞いてみるとしよう。そんなことを考えながら、今日もみっちり働いた。

七時過ぎに部活帰りの眞昼がやってきたので部屋に上げてやった。いつものジャージ姿だが、雨のせいか少し髪や服が濡れている。制汗剤と眞昼の匂いとちょっぴり汗の匂いが混じって、ぽうっとするようないい匂いが――って俺は変態か。

「どうした、勇にぃ」

「いや？」

濡れ髪というのはなんというか、ぐっとくるような情緒がある。眞昼に色気を感じてしまうのは癪なことだが。

「も、もしかして汗臭い？　ごめん、最近蒸し暑くなってきたからさ」

眞昼は慌てた様子で一歩退く。

「いやいや、そんなことないぞ」

雨の音が少し遠のいた。

テーブルを前にして並んで座る。

「そういや、そろそろ未夜の誕生日だな」と眞昼。

未夜の誕生日は六月二十五日だ。あと二週間と少し。

「そうだなー、この前はハートのヘアピン贈ったっけ」

「十年前をこの前とはなかなか肝が据わってるな。でもまあ、誕生日に間に合ってよかったよかった」

「何がだ？」

「何がって、未夜に気づくのが、だよ。勇にぃに自分の正体に気づいてもらえないまま誕生日を迎えるって、それはさすがに可哀想すぎだから」

「うぅ……たしかに気づけたのは偶然のおかげもあったから、十分あり得る未来だったな」

「もしそんなことになってたら、あたしがばらしてたと思うよ」

思い返してみれば、誕生日というヒントも未夜は提示していた。本当はあの時点で気づくべきだったなぁ。あれが一番露骨なヒントだったのに。

「何を贈ろうかな。眞昼は決めたか？」

眞昼は左手首のリストバンドを撫でながら、

「あたしもまだ決めてないけど……去年は服を贈ったっけ」

年頃の女の子にプレゼントって何を贈ればいいのだろうか。彼女がいたことが一切ないのでその辺りの知識が希薄だ。

まあまだあと二週間ある。ゆっくり考えればいい。

「それにしてもこの部屋暑くない？」

眞昼はジャージのファスナーを開いてぱたぱたと手で扇ぐ。

「閉め切ってるからなぁ」

十年経っても俺の部屋にエアコンはない。さらに雨で窓を閉め切っているのと梅雨の湿度が合わさり、室内は軽いサウナ状態だった。

眞昼は窓を細く開ける。

「そろそろやんだんじゃない……あー、まだちょっと降ってる」

「予報だと明日の明け方まで降り続け――お、おい眞昼」

振り向いた眞昼を見て、俺は絶句した。

「うん？」

ジャージの下の白い練習着。そこに浮かび上がるのは、眞昼の暴力的な胸を支える緑色の布。

「お、おま……」

下着が汗で透けてしまっているのだ。眞昼のそれが大きすぎるのか、それとも濡れているからなのか、レースの形まで分かるほどはっきりと透けている。ライトグリーンの大きな二つの丸。それはまさにメロンのような……

「はよ隠せ！」

何を考えているんだ俺は。

眞昼にドキドキしてどうする。

こいつは眞昼、こいつは眞昼、こいつは眞昼……

目を背けたのに、双丘の残像がまぶたにしっかり焼き付いてしまっている。

「へ？　あっ！」

眞昼も気づいたようだ。

「もう、へんたい」

ジト目でこちらを見る眞昼。

「わ、悪い」

今回に限っては俺は何もしていないのだが、とりあえず謝った。

「全くもう」

何事もなかったかのように眞昼は元の位置に座った。白い練習着をつまみ、ぱたぱたと中に空気を送る。

「……」

「……」

「いや、ファスナー上げろよ！」

「へ？」

4

雨は好き。特に今日のようにバケツをひっくり返したような大雨は。寝る支度を済ませた私は、眼鏡を枕元に置いてベッドに寝転がる。

「はぁ」

こうして布団に潜って激しい雨の音に耳を傾ければ、あの夜をより鮮明に思い出せるから好きだ。

二人で抱き合って眠った台風の夜。大きなあの人の手が、私を包んでくれた。

私の数ある思い出の中で、最も輝かしいものの一つがあの台風の夜だ。

一緒にお風呂に入って、一緒にご飯を食べて、眠くなるまで遊んで、そして――

あの時のあの人のぬくもりを思い返しながら、私は目を閉じた。

「勇(ゆう)にぃ」

『クソガキ』との思い出……♥……その1

クソガキと台風

1

「未夜、ハンマー出たから拾え。朝華(あさか)は足止めして、勇にぃはあと一機しかない。吹っ飛ばしてやれ」

「おう」

「はい」

クソガキたちが結託して俺を追い詰める。

「待てこら、くそ。あ、ああー」

九〇インチの大画面の中で、俺のキャラが彼方(かなた)へ吹っ飛ばされていった。

「はっはっはー、また勇にぃがビリだ」

コントローラーを高く掲げて未夜が叫ぶ。

「勇にぃは本当に弱っちぃな」

　眞昼がやれやれといった様子で言う。

「勇にぃ、お菓子食べます？」

　朝華がポッ○ーを差し出す。

　今日は朝華の家で遊んでいる。相変わらずこの広い家の中には朝華とお手伝いさんだけだ。両親は共に仕事で何日も帰っていないそうだ。

「くそ。てめーら、俺ばっかり狙いやがって。なんつーチームワークだ。いいか、このゲームは一対三じゃなくてバトルロイヤルだからな？」

「そういうのを負け犬の遠吠えっていうんだぜ？」

　生意気な笑みを浮かべながら眞昼は俺を見上げる。このクソガキ、今すぐ俺の膝の上から突き落としてやろうか。

「もう怒ったぞ、本気の色にしてやるぜ」

「キャラのカラー変えたくらいで何が変わるのさ」と未夜。

「本気でやるときは赤色にするんだよ。いいか、お前らは俺を怒らせた。小一からやりこんでる俺の本気を見るがいい」

　小学生時代、友達の間では『赤狐の勇ちゃん』と恐れられたほどだ。大人の力を生意気なガキどもに分からせてやる。

「あれ、雨降ってきた」

未夜が窓に飛びつく。

雨が屋根を打つ音が聞こえ始めた。そういえば先ほどから風も出てきていた。

「あー、お前ら知らねぇのか？　今日は夜から台風だぞ」

「台風？」

「ほれ、眞昼降りろ」

「えー、やだ」

「ったく」

「放せー、へんたいー」

眞昼を抱き抱えながら立ち上がり、窓に寄る。外の様子を窺う(うかが)と、庭に細い雨が降り注いでいた。びゅうびゅうと風が吹き、空がうごめく音がする。庭の木や植え込みが風になぶられ、池の水面には波が立っている。

「風は強いけど、まだそんなに降ってないな。朝華、ちょっとニュースにしてくれ」

「はーい」

画面が夕方のローカルニュースに切り替わる。ちょうど台風情報を報じているところだった。

「今晩にも日本列島に上陸する台風＊＊号は――予想される進路は――」

大画面の中でアナウンサーが台風情報を読み上げている。東海地方は直撃のようだが、ピークは今日——金曜日の夜で、土曜日の朝には関東の方へ抜けていくようだ。

「タイフーン」

未夜（みや）がくるくる回る。

「……ひどくなんねーうちに今日は帰るぞ」

「えー、まだ四時半だぞ」

眞昼（まひる）が腕の中で暴れる。

「まだ、じゃない。もう、四時半だ。元々今日は台風だから早く帰るつもりだったんだ」

「だから行く時に傘持ってけって言ってたのか」

「もう帰っちゃうんですかぁ？」

朝華が俺のシャツをつまむ。

「仕方ねぇだろ。雨がひどくなって帰れなくなる前に出ねぇとな。ほれ、未夜、眞昼、片付けと準備しろ」

「へーい」

「ほーい」

そうこう言っているうちに雨脚はどんどん強くなる。朝華の家を出る頃には本降りとなってしまった。

「じゃあね、朝華。ばいばーい」

「また明日な、ばいばーい」

「おう、またな」

朝華の頭を撫で、外に出る。

「さて――」

あとはこのクソガキ二匹を家に送り届けるだけだ。

「あーめ、あーめ」

「すげぇ、洪水だ」

「あっ、こら眞昼。危ねぇから橋の下覗くな。落ちたら死ぬぞ」

ぎょっとしながら眞昼を抱き寄せる。

「洪水だ！」

川の水位が上がり、濁っている。こんなところに子供が落ちてしまったら、あっという間に流されてしまうだろう。

「見て見てー、風で飛べそうー」

風に煽られ、未夜の傘が大きく揺れる。思わず背筋が凍る。

「おっとっと」

「ば、馬鹿。未夜、フラフラすんな」

少しも目を離せない。

こいつら、危機感ってものが足りなすぎる。

俺が子供の頃はもうちょっとちゃんとしてたぞ。

「いいか、絶対俺の手を離すなよ」

右手に未夜、左手に眞昼とそれぞれ手を繋ぎ、自分の傘は首で支える。歩きにくくて仕方がないが、こうやっていればこいつらが勝手な動きをすることもないだろう。

「ただの雨なのに、勇にぃってビビりなんだな」

「眞昼、勇にぃは昔、川で溺れたことあるんだって」

「なんだその話。初めて聞くぞ」

「うるせぇ、ほら、さっさと行くぞ」

そうして普段よりも神経を使いながら未夜と眞昼を送り届け、俺は無事帰宅した。

はずだった。

「ない、ないぞ」

自宅に帰りついてからスマホがないことに気づいた。

ま、まさか、この大雨の中で落としてしまったのか……？

いや、落ち着け。朝華の家に忘れただけかもしれない。

そうだ、そういえばあいつらにスマホのゲームをやりたいとせがまれたんだ。それでスマホを貸して、そんで飽きて外で遊んでそれも飽きてテレビゲームをして……

記憶の糸を手繰る。

そうだそうだ、朝華の家にあるはずだ。

念のために自宅から俺のスマホの番号に電話をかけてみる。ドキドキしながら待っていると、通話状態になった。誰かが出たのだ。

「もしもし？」

「はい」

聞こえてきたのは朝華の声だった。

「お、朝華か？」

「勇にぃ？　ふふ、スマホ忘れてますよ」

「よかった、それ俺のスマホだよな？」

「はい」

俺は窓の外を見る。

もうけっこうな降り具合だが、すぐに帰れば大丈夫だろう。

「ちょっと今から取りに行くわ」

「え？　今からですか？　大丈夫ですか？」

「余裕、余裕。待っててくれ」

そうして俺は家を飛び出した。

＊

やっぱりやめればよかった。

雨は分単位で強まり、朝華の家の傍まで来る頃には土砂降りとなっていた。右に左に風が吹きつけ、傘はその用をなさない。眞昼と見た川も、さっきまでが可愛く見えるくらい荒れていた。

朝華の家は小高い土地の中腹にあり、上りの坂道が延々と続く。

道の傾斜はそこそこあり、水が絶えず上から流れてくるため転んでしまったらそのまま下まで流されてしまいそうだ。

まるで天然のウォータースライダーだ。

「う、おお」

ここまで来たらもう引き返せない。

普段の倍以上の時間をかけ、俺は朝華の家にたどり着く。

「はぁ、はぁ」

ようやく着いた。

「勇にぃ、大丈夫ですか？」

朝華が出迎えてくれる。

「びしょびしょですよ？」

「だ、大丈夫」

「はい、スマホです」

「おう、ありがとな。さて、もうひと頑張り――うおおおっ」

扉の向こうは別世界だった。

風の強さはもう立っているのがやっとなほどで、雨はバケツをひっくり返したようなありさまである。日も落ち、数メートル先すらろくに視認できない。

こ、この中を俺は歩いてきたのか。

「勇にぃ、この中を帰るんですか？　危ないですよ」

不安そうに朝華は顔を強張らせる。

「う、うん。でもしょうがない」

朝華にスマホを預かっておいてもらって明日取りにくればよかったな、と今になって反省する。

親に車で迎えに来てもらうしか……いや、この嵐の中を走れるものなのだろうか。

やっぱり歩いて帰るか？

雨と風の音に交じって、無線放送の無機質な声が聞こえてきた。

『――富士宮警察署より、行方不明の方のお知らせをいたします――』

「うっ」

行方不明者も出てるのか。

恐怖が足元から立ち上ってくる。

だが帰る以外に選択肢はないし。

その時だった。

「そうだ」と朝華が威勢よく言った。

「ど、どうした？」

「明日はお休みですし、うちに泊まっていけばいいじゃないですか」

「へ？」

2

「はい、いいんですよ。うちは大丈夫です。いえいえ。はい、分かりました」

俺のスマホで通話をする朝華。その相手は俺の母だ。

すでに母にこっぴどく叱られ、消沈した俺は玄関の端っこで縮こまっていた。状況が状況だけに、源道寺(げんどうじ)家に一晩泊まらせてもらうことには許しが出たが、軽率な行動だったと猛省する。

一歩間違えば、命の危険があったというのに。

未夜や眞昼の前で偉そうにしていたが、俺も同じ穴の狢(むじな)だった。

なんて情けない。

「はい、勇にぃ。『代わって』って」

「お、おう」

「勇？」

ドスのきいた母の声が聞こえる。これはかなりキレている時の声だ。

「はい」

「源道寺さんには改めてあたしからお礼を言っておくから、今日のところは厄介になりなさい」

「はい」

「もう叱るべきことはさっき全部叱ったから、風邪引かないようにしなさい。あ、あとはそう――」

母は一呼吸おいて、

「あんたの身に何かあったら、あたしやお父さんだけじゃなくて、未夜ちゃんたちだって悲しむんだからね」

「……はい」

通話を終える。

「はー……っくしょん」

溜め息がくしゃみに変化した。そういえば、びしょ濡れのままだった。

「さ、寒い」

室内は暖房が効いているが、服が濡れたままなので体が冷える。

「勇にぃ、風邪をひく前にお風呂に入りましょうか」

「ああ、悪いな。泊めてもらっちゃって」

「いいんです。お父さんもお母さんもいないので、私がいいって言ったらいいんです。あっ……おじいちゃんはいますけど、大丈夫です」

俺を泊めると朝華が言い出した時、当然ながらお手伝いさんたちは驚いて心配そうな顔をしていたが、朝華がごねるとあっさり引き下がった。

「さ、行きましょう」

朝華はご機嫌な様子だ。

手を引かれ、階段を上がる。源道寺家の浴室は二階にあるようだ。

「服はそこの籠に入れてください。お客さん用の着替えがあるので、持ってきますね」

「おう、ありがとう」

脱衣所だけで俺の部屋の倍近くの広さがある。水を吸いまくったTシャツをなんとか脱ぐ。下着までびっしょりだ。

ややあって、朝華が戻ってきた。大人用の着替えと自分の着替えを抱えて。

「ここに置いておきますね。あ、バスタオルはそこの棚です」

言って、朝華は自分の服に手をかける。白いお腹がぺろんと顔を出した。

「ちょっと待って朝華」

「はい？」

朝華はきょとんとする。

「お前は何をしようとしてるんだ？」

「何って、お風呂に入るんじゃないんですか？」

「そうか、そうだったな」

「はい」

「いや駄目だろ！」

「え？」

血の繋がった本物の兄妹ならともかく、小学校一年生の女児と一緒にお風呂なんていろんな意味でアウトだ！

赤ん坊の頃からの付き合いの未夜(みや)ですら一緒に風呂に入ることはなかったというのに。

「勇にぃは私と一緒が嫌なんですか？」

「あ、いや、そういうことじゃなくて……」

朝華の声が震える。拒絶されたと思ったのか、今にも泣き出してしまいそうだ。

「あ、違うんだ。わ、分かった。じゃあ、こうしよう――」

＊

「勇にぃ、ご飯の後はゲームしましょうね」

「おう」

「背中は私が洗ってあげますね」

泡立ったボディタオルを手に、朝華が後ろに回る。

「気持ちいいですか？」

「ああ、気持ちいいよ」

「えへへ」

朝華は生まれたまんまの姿――ではなく、学校の水着を着ている。

これなら越えてはいけないラインギリギリではあるが。

俺もきっちりタオルを二重に巻いて前を隠す。

「うんしょ、うんしょ」

水着姿の女子小学生に背中を流してもらう。

これはこれでやばい絵面のような気がするが、今さら気にしてももう遅い。妹分が背中を流してくれるんだ、素直にその厚意をありがたいと思うことにしよう。

「じゃあ今度はこっち向いてくださいっ！」

「前は自分で洗うからっ！」

体と髪を洗ったあとは、朝華と並んで湯船に浸かる。

「ふう」

冷え切った体が芯から温まる。

全身を伸ばしても余裕のある広さの檜風呂。

正面の壁はガラス張りになっていて、今日が台風でなければ綺麗な夜景が拝めただろう。

大量の雨粒が打ちつけ、風の音がごうごうと聞こえる。

「台風、嫌いです」

「怖いのか？」

「雷よりは怖くないですけど雷より嫌いです」

独特な感性だ。

顎の辺りまで体を沈め、朝華は寄り添ってくる。小さな手を湯船の中で握ると、朝華は腕に抱き着いてきた。

左腕全体にぷにぷにした感触が伝わる。

「台風、あとどれくらいで行きますか？」

「どうだろうなー、朝になればもういないだろうけど」

時折風に飛ばされた落ち葉や木の枝が窓ガラスにぶつかり、かさかさと音を立てる。

「そろそろ出るか」

「はい」

十五分ほど浸かり、すっかり体も温まった。

その後、食堂で豪勢な夕食をいただき、朝華の部屋に戻った。ちなみにお手伝いさんの一部は住み込みで働いているそうで、一階に部屋があるという。

テレビで台風情報を確認する。俺たちの街には大雨警報が出されていた。

静岡県は今夜が山だが油断はできない。

「勇にぃ、ゲームしましょう」

あぐらをかいて座ると、その上にパジャマ姿の朝華がちょこんと乗ってきた。

艶のある髪からシャンプーのいい香りが立ち昇り、火照(ほて)った体にはかすかに朱が差している。

「今日のうちに特訓して、未夜ちゃんと眞昼ちゃんをびっくりさせてやります」

「俺の特訓は厳しいぞ。ついてこられるか？」

「はい、師匠」

そうして二人でテレビゲームに興じた。

午後九時前。朝華は目をしょぼしょぼ擦り始める。子供はそろそろ寝る時間だろう。

「眠いのか？」

「も、もうちょっと起きてます」

「じゃあ、いつ寝てもいいように歯磨きだけ先にしようぜ」

「はーい」

お客さん用の新品の歯ブラシをもらう。

二人並んで歯を磨いて部屋に戻ると、朝華はぽすっとベッドに飛び込む。いつ見ても大きなキングサイズのベッドだ。

「やっぱり眠いんだろ」

「うぅん」

朝華は眼鏡を外して枕元に置く。

俺も今日はなんだか疲れた。嵐の中を歩いた疲労が思ったより溜まっている。早めに休もう。

「そういや朝華、俺はどの部屋を借りればいいんだ?」

客人用の着替えがあるくらいだから、客間もあるのだろう。案内してもらわなければ。

「え? ここですよ」

言って朝華はぽんぽんとベッドを叩く。

「え?」

「早く来てください」

ん?

どこだって?

＊

有月勇、彼女いない歴＝年齢の寂しい男。

当然、女の子と同じ部屋で一夜を過ごしたことなどない。彼にとって女子との一夜は幻想の世界の出来事であり、ゴジ〇や特撮ヒーローのようにフィクションの域を出ないのだ。

＊

待て待て。

それはさすがにアウトだろ。

女子小学生が普段寝起きしているベッドに潜り込むなんざ、聞かれた相手によっては殺されても文句は言えない凶行だ。

いつも朝華の部屋で遊ぶ時だって気を遣ってベッドには乗らないようにしていたのに。

「勇にぃ、寝ないんですか？」

「寝るけど、いやだって」

「私と寝たくないんですか？」

言い方ァ！

「早く来てください」

朝華は掛け布団をめくり、自分だけ潜り込む。

ベッドの上に丸い膨らみが生まれる。

「俺が一緒に寝ても、いいのか？」

「はい」

俺は覚悟を決め、ベッドに上がる。

「入るぞ」

布団に潜り込むと朝華が身を寄せてきた。俺の胸に顔をつけ、幼い呼吸を繰り返す。

小さな体。温かく、それでいて抱きしめたら折れてしまいそうなほど華奢（きゃしゃ）な……

「えへへ、あったかいですねー」

「そうだな」

なんだかふわふわしたいい匂いがする。甘くて柔らかい香りだ。

「電気消してください。そこのスイッチです」

「おお」

枕元にあったリモコンで部屋の明かりを消す。

暗闇の中で鮮明に感じることができるのは、朝華の体温だけだ。

「……」

全身が熱い。風呂に浸かっていた時よりも格段に。

血の流れが加速し、心臓がバクバク言い始める。

「……」

なんだ？　朝華がひっついてくるなんていつものことなのに、なんで今日はこんなにドキドキするんだ。

俺はロリコンじゃないはずだ。

もしかして、ベッドの中というシチュエーションのせいなのか？

だとしたら余計にやばいだろ。朝華を女として意識してるってことになるじゃねぇか。

やっぱり別の部屋で寝た方が――

その時、風が大きく唸り声を上げた。

「きゃっ」

その大きな音に驚いたのか、朝華はさらに強く身を寄せる。

「おお、そろそろ台風も本気を出してきたな」

がたがたと窓が揺れ、風と雨の音が絶えず響く。

「うぅ」

小さな体が小刻みに震える。

……もしかすると、今日みたいな日がこれまでにもあったのかもしれない。親のいない台風や雷、嵐の夜が。

小さな背中を撫でながら、俺は朝華を抱き寄せた。

「大丈夫だって。俺がいるんだぜ？」

「勇にぃ」

安心したように、朝華は目を閉じる。

「おやすみなさい」

「ああ、おやすみ」

そういえば、と俺は思い出す。

この家って傾斜のある土地の中腹、いわば斜面に建っているようなもんだよな。裏手は山だし、土砂崩れが起きたりしないだろうな……

「あわわわわ」

「勇にぃ、すごく震えてます」

「だ、大丈夫だ」

「さ、寒いですか？」

「いや違う」

「もしかして勇にぃも怖――」

「断じて違うぞ」

「？」

その夜は、二人でぴったりくっついて震えながら眠った。

クソガキは手に入れたい

1

寒暖の差の激しい時期だ。朝は登校するのが億劫（おっくう）になるほど肌寒かったのに、今はなんだかぽかぽか気持ちいい。

夕焼けに染まった街を眺めながら自転車をこぐ。

「ただいまーっと」

店の方から帰ると、テーブル席をクソガキたちが囲んでいた。

「おかえりー」

「おかえり」

「おかえりなさい」

三人揃(そろ)って怪しげな笑みを浮かべている。またろくでもないことを考えているのだろう。

「なんだお前ら、にやにやしやがって。父さん、コーラくれ」

「ふっふっふ、今からねー、勇にぃのアルバム見るの」

テーブルに突っ伏しながら未夜(みや)が言う。

「ほー」

アルバムねぇ。

ん？

誰のアルバムだって？

「みんなおまたせー。あれ、勇、帰ってたのね」

分厚い一冊のアルバムを抱え、母が奥から出てきた。

白い装丁に金色の帯、そしてでかでかと書かれた『勇　幼稚園』の文字。

「げっ」

「おかえ――」

「おりゃあ」

俺はすぐさまそれを母からひったくる。

「あ、何すんのよ」

「それはこっちのセリフだ。人のアルバムを勝手に――」

「いいじゃない、アルバムくらい」

いいわけがない。

特に幼稚園時代の写真なんて、自分で見返すことすら恥ずかしくて嫌なのに、こいつらに見られたらますます俺のことを舐め腐るに決まってる。

「見せろー」

「よこせ」

「見せてください」

「うるせぇ、絶対ダメだ」

クソガキどもがまとわりついてくるのを躱しながら、俺は二階へ走り、自室に立てこもる。

「逃げたぞ」

「追え！」

「待ってください」

あいつらのことだ。

たとえ隠したとしてもすぐに見つけ出すだろうし、かといってほかに逃げ場はないし。

「開けろー」

「お前はすでにほーいされている」

「開けてください、勇にぃ」

待てよ？

あれならバレないでイケるか？

俺はノブを離してドアを開放する。

「おう、お前ら。どうしてもこのアルバムが見たいのか？」

「早く見せろ」

「早くよこせ」

「早く見せてください」

「まあ待て。それなら勝負をしようぜ」

「勝負？　勇にぃがあたしたちに勝てるわけないだろ」

眞昼(まひる)がばっさり切り捨てる。

「ぐっ、言いやがったな。そこまで言うんなら受けてもらおうか。お前らが勝ったら、このアルバム、好きなだけ見せてやるよ。でも俺が勝ったらこいつは封印させてもらうぜ。どっちが勝っても文句は言いっこなしのフェアな勝負だ」

「どうする？」

未夜は眞昼と朝華(あさか)を見やる。クソガキたちはどうするかの相談を始めた。

「なんだ？　負けるのが怖いのか？　ああ、いいんだいいんだ。俺に勝つ自信がないなら別にいいんだ」

俺は手のひらを向けて鼻で嗤(わら)うふりをする。

「なんだと」と未夜。

「勇(ゆう)にぃがあたしに勝てるわけないだろ」と眞昼。

「大丈夫かなぁ」と朝華。

ちょろい。すぐ乗りやがった。

「勝負の方法はなんだ！」

未夜が聞く。

「今から俺はこのアルバムをこの部屋の中に隠す。それを見つけて手に入れることができればお前らの勝ちだ」

「え？　簡単じゃないですか」

「待て、朝華。勇にぃのことだから部屋の中とか言ってベランダに隠すこともあり得る」

「なるほど、未夜ちゃん、鋭い」

「馬鹿。そんな卑怯(ひきょう)な真似(まね)をするか。部屋の中と言ったら部屋の中だ」

「何分で見つければいいんだ？」

眞昼が腕組みをする。

「そうだな、制限時間は十五分にしておこう」

「……いいだろう」

「じゃあ、今から隠してくるから待ってろ」

そうして俺はドアを閉めた。

2

「よし、いいぞ」

壁によりかかったまま、俺はドアを開ける。

三人が部屋に入ったことを確認すると、後ろ手にドアを閉め、そのままよりかかる。

「ここだ」

眞昼はベッドの下を覗(のぞ)く。

「うーん、ないなー」

「こっち探すね」

朝華は本棚周辺を探し始めた。

「うーむ」

未夜はベッドの上に立ち、部屋を見回す。

「勇にぃ、部屋の中にあるんだろうね？」

「おう」

「よし」

未夜はベッドから飛び降り、机の引き出しを片っ端から調べ始めた。

「大きいから、隠せる場所は少ないはず」

ほう、子供にしてはいい読みだ。

「あんまりおっきい音はしなかったから、物をどかしたわけじゃなさそう」

言いながら眞昼は部屋の中を歩き回り、俺の方へ近寄ってきた。

「ど、どうした」

なんだ、まさか気づいたか？

「うーん」

そのままクローゼットの方へ向かっていくのでほっとした。

「あんまりぐちゃぐちゃになってないな」

クローゼットを開き、すぐに閉じる。

なるほど、衣類の荒れ具合でそこに隠したかどうかを判断したらしい。時短に繋(つな)げつつ無駄な労力を省くいい戦法だ。

が、お前らは根本的なところからして見当違いなのだ。

「あ！」

「未夜、あったか？」

「勇にぃ、このゲームあとでやっていい？」

引き出しの中からカセットを引っ張り出す。

「いいぜ」

「未夜、そんなのあとにしろ」

「こっちもないよ。ベランダかなぁ？」

朝華は窓を開ける。

「朝華、勇にぃは部屋の中って言ったから、ベランダはないはず」

「そうかぁ」

ふっふっふ。

時間ばかりがどんどん過ぎていくぜ。

まあ、クソガキの視点じゃあ、まず見つからないだろう。そして見つかったとしても問題はないのだ。

俺のプライド、そして大人としての威厳のために、このアルバムはなんとしても死守しなければ。

よしよし、残り三分だ。

「くそー、全然見つかんない」

「やっぱりクローゼットか？」

未夜はベッドの上で跳ね回り、眞昼はクローゼットを再度開ける。

「そういえば勇にぃ、なんでずっとそこにいるんですか？」

朝華が聞く。

「え？」

その純粋な疑問に何かを感じ取ったのか、未夜が俺の前までやってくる。

生意気な目が俺を見上げる。

「な、なんだ？」

「怪しい」

「探しに行かなくていいのか？　あと二分だぞ？」

「……」

「……」

「あった！　服の中だ」

まずい、バレた。

「何？」

「あったの？」

「見て、よく見ると背中のとこが四角になってる」

「あー！」

「あー！」

「くっ」

ついに見つかってしまったか。

服の裏にアルバムを入れ、背中をドアに押し付けて膨らみを隠す。

室内の捜索に夢中になるから出入り口に立っておけば死角になるという寸法だ。

「なるほど、たしかに部屋の中です」

「勇にぃにしては頭を使ったな」

「勇にぃにしてはとはなんだ」

「さあ、アルバムをよこせ」

眞昼が手を伸ばす。

「ああん？　何を言ってんだ。見つけて手に入れたら、と言ったろ。ふははははは」

俺はアルバムを高く掲げる。

「ほれほれ、手に入れてみろ」

「卑怯だぞ」

「勇にぃ、ずるいです」

末夜（みや）と朝華がぴょんぴょん飛び跳ねるも、俺の頭上までは到底届かない。

残念だったな。

時には理不尽に触れることも子供の成長には必要なこと。

こうやって越えられない壁にぶつかって大人になっていくのさ。

俺もこのアルバムを見られるわけにはいかないのだ。

時計を見る。残り三十秒。

勝った。

「末夜、朝華、そこをどくんだ」

「おう」

「うん」

眞昼が拳を振りかぶる。

「あ？」

「えい」

ちんっ。

「おぎゃっ」

切ない痛みが股間から脳髄にかけて走る。

「あ、ああ」

全身の力が抜け、俺はたまらず崩れ落ちる。

ま、またしても……

こ、こいつ、もしかして分かってて狙ってるのか？

「やったー、ゲットだ」

末夜がすかさずアルバムを手にする。

「眞昼ちゃん、すごいすごーい」

「だから言ったんだ。勇にぃがあたしに勝てるわけないだろ」

「う、ああ」

体が、熱い。

「ああ、ああ」

「よし、下に戻ろう」

　未夜の号令でクソガキどもは部屋を飛び出す。

　一人残された俺は未だ消えない痛みと格闘していた。

「あ、うあぁ」

3

「これが幼稚園に初めて行った日の写真ね」

「めっちゃ泣いてるじゃん」

　未夜が笑う。

「初めてお迎えバスに乗った時ね、『ママと離れたくないー』って、大泣きして大変だったのよ」

「こっちは？」

「これはお祭りの山車にびっくりして泣いちゃった時」

「これはなんですか？」

「ポケ〇ンの映画を観に行ったけど、初日だからすごく混んでて観られなかった時の写真ね」

「勇にぃ、泣いてる写真ばっかだな」

眞昼が呆れたように肩をすくめる。

「可愛いです」

「うるせぇ！　だから嫌だったんだ」

どういうわけか、俺は昔からよく泣く子だったらしい。幼い頃の写真はその半分以上が泣いている写真で、それが恥ずかしかったのだ。

くそ、もっとマシな写真はないのか。

「あれ？　これって」

未夜がある写真を指差す。

「あら、なんで幼稚園の方に交ざってるのかしら」

それは俺が小学五年生の時の写真だった。

小さな赤ん坊を慎重に抱く子供の俺。その横には若い未来さんの姿が。

「これもしかして、未夜？」

「わぁ、可愛い」

「うわぁ、み、見ちゃダメ」

アルバムを抱え、未夜が走り出す。

その背中を、眞昼と朝華（あさか）が追いかけた。

第二章　思い出の牢獄

1

有月俊(ありつきしゅん)の朝は早い。

空が白み始める頃、彼は毎朝決まって午前五時に起床する。妻を起こさぬようにベッドを抜け出し、階下のキッチンへ。

目覚めのブラックコーヒーをホットで飲み、まだ少し残った眠気を苦みでかき消す。

「ふう」

夏でも冬でも、起きて最初に口にするのはブラックのホットと決めている。砂糖もミルクも必要ない。これこそがコーヒー本来の味だ、というのが彼の持論だった。

同じものを毎朝飲むことで、その日の舌の調子を確かめる目的もある。〈ムーンナイトテラス〉のマスターを務める彼にとって、コーヒーとはおのれの人生そのものであった。

「……美味(うま)い」

今日も舌は鈍っていないようで安心する。キッチン周りの清掃をし、部屋に戻った。

やはりまだ妻は寝ている。そろりそろりとクローゼットに向かう。

店を持ってから毎朝ずっと同じことを繰り返しているが、未だかつて妻が起きたことはない。

身支度を済ませて外に出る。昨夜は一雨降ったそうだが、少し地面が湿っている程度である。いいコンディションだ。

道路を挟んだ向かいの駐車場に小走りで向かう。奥のガレージを開け、愛車の白いスープラに乗り込んでエンジンをかけた。

シートから伝わる振動を感じながらステアリングを握ると、童心に返ったような高揚が全身をほとばしる。三十年近く同じ車に乗っているくせに、単純な男だな、と毎朝のことながら自分で呆れる。

「行くか」

俊のモーニングルーチンは、ここからが本番である。

職場兼自宅に一日中拘束されることの多い彼が自由に車を走らせることができるのは、この朝の時間だけなのだ。

今日は富士山に行こうか。

中心市街を北に向かい、バイパスを越えて登山道に入る。

目指す富士山が朝の薄闇に巨大な影となって現れる。

途中、自販機で缶コーヒーを買った。

コーヒーには強いこだわりがあり、人工的な甘ったるさのある缶コーヒーなどは口に合わない俊である。が、不思議なことにドライブ中に限ってはそのこだわりは一変する。

「ほう」

狭い車内で飲む缶コーヒーはなぜか美味く感じるのだった。

一服したところで再び車を走らせた。

ツインターボの咆哮（ほうこう）と風切り音をBGMに、朝の富士山を爆走する。

『富士の白狼（はくろう）』と呼ばれたあの頃を思い出す。

左右に広がる青々とした木々。つづら折りの道を上がっていくと、富士山スカイラインの周遊区間に入る。比較的緩いコーナーの続く走りやすい道。

やがて山肌を駆ける白狼は旧料金所の分岐点に到着した。ここを左に折れれば富士山スカイラインの本番、五合目までの登山区間だ。

五合目まで上っていきたいところだが、あいにく今日は朝の仕事が立て込んでいる。Uターンし、今度は下りだ。朝の閑静な富士山にスキール音を響かせながら、一気に下る。

家に着くと、息子の勇が店の周りの清掃を始めていた。

「あ、父さん。いいところにきた」

「どうした？」

「あのさ、俺車欲しいんだけど、父さん詳しいだろ？」

＊

〈ムーンナイトテラス〉の店内。父が朝のドライブから帰って来たのを見計らい、俺は車の購入について相談した。父は昔から車が好きで、俺が子供の頃はよくドライブに連れて行ってもらった。休みの日はドライブか車をいじっている姿がほとんどで、ほかに趣味はないのか、と子供ながらに思ったこともあった。

朝の仕込みや店の清掃をしながら話を聞く。

「予算はいくらあるんだ？」

「一応、貯金は六百万くらいあるけど」

「そんなにあるのか？」

普段は寡黙な父が珍しく大きな声を出した。

「まあね」

東京では生活に必要なものにしか金を使わなかった――というか趣味に金を使う暇がなかった――ので、この十年で貯金だけは捗（はかど）った。

「それくらいあるなら十分だろう。で、どんな車が欲しいんだ？」

「うーん、とりあえず日常の足として欲しいから、あんまりこだわりはないんだけど」

開店前の準備をしながら、話を進める。

「でもまあ、せっかくのマイカーだし、かっこいいのがいいかな」

「……見た目優先で選ぶと後悔するがまあいい。勇、ミッションは運転できるか？」

ミッションとはマニュアル車の事だろう。それにしても、親世代はどうしてミッションと呼ぶのだろうか？

「むしろマニュアルしか運転したことないかな。社用車はマニュアルばっかりだったから」

俺がそう言うと、父は目を輝かせて、

「ならせっかくだ、スポーツカーにしてみないか？」

「スポーツカーねぇ、でもなんか難しそうだな」

「最初の車なんてどうせぶつけるんだから中古の軽でいいじゃない」

キッチンで朝食を作っていた母がお盆を持ってやってきた。トーストに目玉焼き、そしてサラダが近くのテーブルに並ぶ。

「いや、別に初心者ドライバーでもペーパードライバーでもないから」

こちとら十年も納期とクレームに尻を叩かれながら配達営業をこなしてきたんだ。舐めてもらっちゃ困る。

「年々規制が厳しくなってきてるから、ミッションのスポーツカーを新車で買えるのは今が最後のチャンスかもしれないんだぞ、勇。トヨタがまだ頑張ってくれているからいいが、この時代、いつ新車のラインナップからスポーツカーが消えてもおかしくないんだ。それに――」

寡黙な父が珍しく饒舌になる。その横で母がため息をついて、

「あなたのお金だからどう使おうと自由だけど、大きな買い物なんだからじっくり考えなさいな。そこの車馬鹿の意見は話半分に聞いておいて」

「そうだな」

「個人的なおすすめとしてはGRヤリ――」

「あなた！　自分が欲しいだけでしょ」

母の一喝に背筋を伸ばした父は、すごすごとテーブルに着いて朝食を摂り始めた。そして再び母がキッチンに戻ったのを見ると、ちらりとこちらを振り向いて、

「車の相談なら、太一のやつにも聞いてみるといい」

「ああ、たっちゃんも詳しいよね」

たっちゃんこと春山太一は未夜の父親である。父の友人で、俺が子供の頃からよく遊んでもらっていた。その縁で俺は彼のことを『たっちゃん』と呼んでいる。彼も車が好きなので、今度会った時に相談をしてみようか。

車を買うにはやっぱりまずはディーラーに行って、それから試乗もして、いやその前にまずはどんな車を買うのか、方向性を定めなければ。

それにしても、車を買うぞ、と心に決めた途端、なんだかうずうずわくわくしてきた。

まるでそう、子供が新しい玩具(おもちゃ)を買ってもらった帰り道のあの全身がうずくような高揚感のように。

新しい挑戦というのはいくつになっても大事なのだな、と感じた。この日は眠りにつくまで車のことが頭の片隅に浮かんでいた。

2

ま、まずい。

早く抜け出さなくては。

俺の顔を包むあったかいふかふか。

すぅすぅと寝息を立て、眞昼(まひる)は俺の頭を抱きかかえながら眠っている。

現役女子高生と添い寝なんて社会的にアウトな行為だ。

いや、この体勢は添い寝というレベルを遥(はる)かに超えてしまっている。

見る者が見れば通報されてもおかしくない。

いったいどうしてこうなってしまったのか。

たしかそう、部活が休みだから、と言って眞昼が遊びにきたことは憶えているんだが

……

＊

時刻は少し遡り、有月が目覚めた午前八時過ぎのこと。

＊

「う、うぅ」

頭の奥に鈍い痛みが広がり、のどの渇きが治まらない。少し動くと胃の中のものが逆流してきそうになる。

「お、おえ」

いわゆる二日酔いである。

父の遺伝もあってか、俺はあまり酒が強い方ではない。ビールは350㎖缶一本で十分酔っぱらえる安上がりな男である。

自分の限界を分かっている分、翌朝まで引きずるような飲み方はほとんどしないのだが、昨日は相手が悪かった。

母、有月（ありつき）さやかはうわばみである。母は休日の前に晩酌をするのだが、それに付き合った結果がこれだ。母が酒好きだということは子供の頃から知っていたのだが、十年東京にいたので、本格的に一緒に飲んだのは昨夜が初めてだった。

ビールに始まり、水割り、日本酒、とハイペースで飲み進めるも、母はけろっとしていて、まるで水でも飲んでいるかのようだった。

そんな母を見て、明日は休みだからとついつい俺もピッチが上がってしまったのである。

「や、やばいぞこれは」

俺はベッドからなんとか起き上がると、水分を求めて階下のキッチンへ向かった。

冷水を三杯胃に流し込むも、悪心はいっこうに治まらない。むしろ体が冷えて余計に気分が悪くなった気がする。

そうだ、こういう時は熱いシャワーを浴びるとよい、と誰かに聞いたことがある。俺は急いで浴室へ向かった。

熱いシャワーを頭から浴び、その後温かいお茶を飲んでみた。

さっきよりはマシになったが、あくまでマシになった程度だ。頭を駆け巡る痛みは全く変わらない。

「うああ」

その時、インターホンが鳴った。

よろよろと玄関へ。

「……はい」

「よっ」

「おう、眞昼か」

眞昼は白いTシャツに黒いミニスカートといった涼しげな服装だった。左手にはいつものリストバンドがはめられ、足元は白いスニーカー。全体的にモノクロなコーディネートである。

眞昼を部屋に上げる。聞くと、部活は休みのようだ。

「いやー、久々のオフだよ。もうずっと練習練習でへとへと」

「頑張ってるな、眞昼」

「昨日も八時までしごかれてさぁ……どうした、勇にぃ、顔色悪いぞ」

「いや、二日酔いでな」

「大丈夫？」

心配そうに眞昼は顔を覗き込む。

「正直、ちょっとやばいかも」

俺はベッドに寝転がった。

「うえぇ」

「勇にぃって、お酒好きなの？」

「好きといえば好きだけど、そんなに強くないんだ……うぅ」

「……大丈夫？　水持ってきてやろうか？」

「い、いや、水はもう、いい」

「そう」

眞昼はベッドの縁に膝立ちになり、俺のお腹を撫でる。眞昼の手にさわさわと撫でられるのは気持ちがいいが、なんだか恥ずかしい。

「そうだ、二日酔いの時はポカリが効くってママが言ってたから、買ってきてやるよ」

「いや、悪いって」

「いいからいいから、ちょっと待ってろよ」

そう言って眞昼は駆け足で部屋を出ていった。

そうだ、そこまでは憶えてる。

眞昼がポカリを買いに行ってくれて……でも帰ってきた場面は記憶にないから、その間に寝てしまったのだろう。

しかし、どうして眞昼まで眠っているんだ？

あ、部活が忙しいとか言ってたな。きっと眞昼も疲れているんだろう。

それにしても普通、男がすでに寝てるベッドで一緒に寝るか？

どうなってんだこいつの貞操観念は。

服装もやけに肌の露出が多い時があるし、兄貴分として心配になるわ！

まあ、それはそれとして、二度寝したおかげで気分もだいぶよくなったし、早く抜け出さなくては。

「……」

動けない。

頭を左腕で抱えられ、右腕で肩の下辺りを抱きしめられている。俺の右腕は眞昼の腰の下にあり、足が絡み合っていてほどけない。

「むぐ……」

しかもこいつ無駄に力が強い。

がっちりとホールドされ、寝技をくらっているような気さえする。

無理に抜け出そうとすると眞昼の体の変なところを触ってしまいそうで怖い。

現に、顔は眞昼の胸に埋もれてしまっている。

「くっ……」

全身で眞昼の体温と匂いを感じ、これはいろんな意味でヤバイと本能が訴える。

加えてむにゅむにゅとした感覚が俺の全身を包む。

俺だって男だ。

だからこそ、こういうのはヤバいんだって。

「お、おい、眞昼、起きろ」

声をかけるも、眞昼の反応は薄い。

「うーん」

「ま、眞昼、起きろ、起きてくれ」

ダメだ。熟睡してやがる。

眞昼が自然に起きるのを待つしかないのか。

花のようないい香りが俺の理性を揺さぶり、眞昼と触れている部分が燃えるように熱くなる。頭が沸騰しそうだ。

こんなの、こんなの……

「勇にぃ？」

その時、未夜の声がした。

恐る恐る顔をずらし、戸口の方へ視線をやると、冷たい目をした未夜が立っていた。

なんというバッドタイミングで遊びにきたんだ。

「誤解なんだ」

「な、な」

「そういう意味じゃないんだ、決して」

「なな、な」

「俺はただ……」

「……な、な、なな、何やってんのー！」

「み、未夜（みや）、違うんだこれは」

「なんだぁ、うるさいな」

眞昼（まひる）が起きた。

「おう、未夜」

「眞昼、どういうことよ？」

「いや、最近疲れててつい寝ちゃって。あっ、勇にぃ、ポカリ飲んだか？」

「この体勢で飲めるわけないだろ」

「と、とにかく離れなさい！」

未夜に強引に引き剝がされ、安心したような、もったいないような、複雑な心境になった。

3

私は考えていた。

もうすぐ親友の未夜ちゃんの誕生日だ。

未夜ちゃん、眞昼ちゃん、そして私。

この三人の絆(きずな)は親友というよりも、もはや姉妹といっていい。幼稚園の年長さんからの付き合いで、いつもいつも、私たちはこの三人で遊んでいた。勇にぃと出会う前、そして別れた後も、この三人で。

それほど大事な相手の誕生日に、静岡に帰るべきかどうか悩んでいた。

去年までは未夜ちゃんと眞昼ちゃんの誕生日に毎年富士宮に帰省してプレゼントを手渡ししてきたが、今年は少しばかり状況が違う。帰ったらあの人がいる。あの人に会ってしまう。でも——

「……」

どうするべきか、私は悩んでいた。

未夜ちゃんの誕生日は祝ってあげたいし、未夜ちゃんたちにも会いたい。今年のゴールデンウィークは帰ることができなかったから、なおさら会いたいという気持ちが強くある。

だけど、今帰ればそこにはあの人——勇にぃがいるのだ。

ベッドに横になりながら、私は携帯音楽プレイヤーを手に取る。子供の頃よく見ていたアニメの主題歌を聴くことにした。悩みがある時や難しいことを考える時は思い出に浸るに限る。

やがて懐かしいメロディが流れ始め、私の心を思い出の世界に引き戻してくれる。何もかもが楽しかった、あの子供時代に。

最近では、もう新しい歌手や新しい曲に興味を持つことはほとんどない。

もっぱら、懐かしい曲ばかりを聴いている。新しいものなんて必要ない。技術の進化も発展もいらない。思い出の中の世界こそ、私の求める全て。

曲が終わりに近づいたので、バックのボタンを押した。

再びイントロが流れ出し、曲が頭から繰り返される。

何度も何度も、何度も何度も……

——子供に戻ってみたい。

ある俳優が暴行事件を起こして逮捕された。彼は私が子供の時に観ていた教育番組に出演していた。

子供の頃を懐かしもうとその番組のことを思い出すたびに、私は彼が起こした犯罪のことも同時に思い出してしまうだろう。画面の中で笑う彼が、現実の犯罪者と合致してしまう。

懐かしい思い出に泥を塗られたような気分。

私の思い出は汚された。

子供の頃見ていたアニメの主演声優が、プロデューサーからセクハラを受けていたと告発した。作品に罪はないけれど、もう純真な気持ちでそのアニメを思い返すことはできない。

子供の頃、家族や友達とよく訪れたショッピングセンター。改装やテナントの入れ替えを繰り返し、少しずつ、少しずつ変わっていく。

実家のそばにある古い空き家が壊された。家を出るたび、帰るたびに目に入ったあの空き家。結局、誰かがそこに住むことはなかったけれど、私の日常の風景にはいつも含まれていた。

子供の頃、よく遊んだ公園のアスレチック遊具が撤去された。危ないからだ、というシンプルかつ納得いく理由で。見映えだけはよくなったけれど、その場所を通るたびに寒々とした気持ちになる。

思い出の中の風景と現実の風景の齟齬。頭の中で思い返すことはできるけれど、もうあの頃の世界はこの世のどこにも存在しない。

あの頃には戻れない。

こんな気持ち、きっと私にしか分からないだろう。異常な願望だということは自分でも分かっている。変化を止めることなんて誰にもできない。

ずっと同じままでいいのに。

変えてしまったら、もう元には戻れないんだよ？　生き続けるたびに思い出の場所が消えていく。

人生は失うばかりだ、と言うと、そんなことはない、と反論する人が必ずいる。新しいことにチャレンジしよう、新しい出会いに感謝しよう……と。

違うんだよ。

私が言いたいのは、失ってしまったら二度と得ることができないものがあるということ。

私の思い出を汚さないで。

私の思い出を奪わないで。

子供の頃、人生で一番楽しかったあの頃。

その象徴である勇にぃ。

もし彼までもが悪い方向に変わってしまっていたら、子供の頃の一番幸せな思い出まで汚れてしまう。

そんなことになったら私はきっと生きていけないだろう。

だから私は会いたくない。

勇にぃのことが好きだから。

勇にぃのことが大切だから。

思い出の中の綺麗なままの勇にぃでいてほしいから。

これから先、長い人生を生き続けていく中で私はどれだけの思い出を失っていくのだろうか。辛いことばかりが続く人生の中で子供の頃の大切な思い出を糧に頑張ってきた。

でも、勇にぃまで失うくらいなら、いっそのこと……

『クソガキ』との思い出……♥……その2

クソガキと猫

1

「ねー、ロリコンってどういう意味か知ってる?」

未夜はベッドに寝転がりながら、ぽつりと言う。

「未夜ちゃん、何それ?」

「昨日見てたアニメに出てきた言葉なんだけど、お母さんに聞いてもよく分からなかったんだ」

「あー、あたしもなんか聞いたことあるかも。たしかにどういう意味なんだろう」

「調べてみようよ」と朝華(あさか)はスマホを取り出す。過保護な両親によって買い与えられたキッズスマホである。

「どうだ、出たか?」

眞昼が朝華の横にくっついて覗(のぞ)き込む。

「あれー、なんか見られない」

「じょーほーきせーだ」

そんな言葉で検索をかければ有害なサイトが出てくることは言うまでもない。フィルタリング機能がクソガキたちの前に立ちふさがる。なんとか読み込み可能なページを開いてみるも、漢字や扱う言葉（ロリコン）の関係上、クソガキはなかなか理解が進まない。

「んー、よく分からないけどたぶん、子供のことが好きな大人、って意味だと思う……？」

「それって勇にぃのことじゃん」

未夜はがばっと起き上がる。

「なるほど、勇にぃはロリコンだったのか」

眞昼はうんうん頷（うなず）く。

「あ、勇にぃ帰ってきたみたいだよ」

朝華が窓に飛びつく。外から自転車の音が聞こえてきた。

クソガキたちは春山（はるやま）家から〈ムーンナイトテラス〉に移動する。

「おー、おめーら」

「あれ、勇にぃ、それなんだ？」

未夜は聞く。有月（ありつき）は段ボール箱を抱えていた。

「じゃがいもでも買ってきたのか？」

「ちげぇよ」

「見せろ」

眞昼が箱を覗き込む。

そこには——

「あっ、猫だ」

＊

茶トラの仔猫は気持ちよさそうに段ボールの中で眠っている。

「勇にぃ、猫ちゃん買ったんですか？」と朝華。

「拾ったんだよ」

「まだ生後二か月ってところかしら。毛並みもいいし、段ボール箱の中にいたから野良猫ではないみたいね」

足元の段ボール箱を覗きながら母が言う。

「可愛い盛りなのに捨てられちゃうなんて可哀そうに」

テラス席に腰を落ち着け、俺は足元の段ボールとその中身について説明する。

下校途中に通りかかった空き地に見慣れない段ボール箱が置かれていたのを発見したのが十分ほど前のこと。そんなベタなことがあるか、と思いつつ中を検めてみると、仔猫がのんきに眠っていたのだ。

そのまま放っておくのも忍びなく、つい連れてきてしまった。

「可愛いー」

未夜は目を輝かせながら、恐る恐る仔猫の頭を撫でる。触れられた刺激で目を覚ましたのか、仔猫はにゃあ、と鳴いた。

「うわぁっ」

未夜はまるで猫のように後ろに飛び跳ねた。

「お前、ビビりすぎだろ」

「ビビってないし」

「未夜ちゃん、猫はね、この顎の下のところとか首の周りをなでなでしてあげると気持ちいいのよ」

母は慣れた手つきで仔猫を撫でる。そういえば母の実家では、昔何匹も猫を飼っていたっけ。母に倣い、クソガキたちも仔猫を愛撫する。

「こうですか？」

「そうそう」

「えへへ、可愛いですね」

「朝華ちゃん上手ねぇ」

眞昼はお尻の方をぎこちなく撫でている。

「眞昼ちゃん、猫は尻尾の方はあんまり好きじゃないから、こっちの方を撫でてあげて」

「か、噛まないかな」

「大丈夫よ、ほら、こう」

母は眞昼の手を取って、仔猫の顎に導く。

「牛乳飲むかな？」

未夜が言う。

「牛乳はお腹壊しちゃう子もいるから、猫用のミルクが理想ね」

微笑ましい光景だ。

「なーなー、ここで飼うのか？」

眞昼が聞くと、母は微妙な顔になって、

「うーん、本当は飼いたいんだけどー、うちは飲食店だから衛生的に難しいかな」

やっぱりだめか。

「大丈夫。貰い手がいなかったら私が貰ってやるぞ」

未夜が高らかに言った。

2

「駄目よ。お父さんが猫アレルギーなんだから」

未夜の母、未来(みく)さんがきっぱり言う。

「えー、いいじゃんいいじゃん」

未夜はだだをこねるが未来さんには通じない。

「だーめ」

「むー」

春山家を後にし、今度は龍石(りゅうしゃく)家へ向かう。相変わらず大きいものを携えた眞昼の母親、龍石明日香(あすか)が応対する。

「ママ、飼っちゃだめ?」

眞昼が明日香さんに抱き着く。

「うーん、飼ってあげたいのは山々だけど……」

明日香さんはちらっと家の中を振り返り、玄関に設けられた柵の中にいる三匹のパピヨンを見やった。

「もうワンちゃんが三匹いるからなぁ……ちょっと余裕ないかも。ごめんんね」

龍石家でも難しそうだ。

「うちもお母さんかお父さんがいいって言えば……でも今日は帰ってこないんですよね」

朝華が申し訳なさそうに言う。

「うーん、どうしたものか」

拾ったことに対する責任として、母から引き取り手探しを命じられた俺は、クソガキどもと一緒に近所の商店街や知り合いの家を訪ねて回ることにした。

だが、仔猫を引き取ってくれる相手は見つからず、時間ばかりが過ぎていく。拾った場所に返したところで根本的な解決にはならないし、餓死してしまうだろう。保健所に連れていけば最悪の場合殺処分になる恐れがあるし……

そんな時——

「あれ、有月くん」

「ん、おお」

「偶然だね」

「そ、そうだな」

偶然出会ったクラスメイトの下村光が声をかけてきた。

セミロングの黒髪によく日焼けした健康的な肌。スレンダーで引き締まった体には余分な脂肪は一切ない。女子テニス部のエースにして、クラスのマドンナ的存在の光はクソガキたちを見回して、

「へぇ、有月くんって三人も妹いたんだね」

「いや、違うって。こいつらは近所のクソガキで――」

「勇にぃの友達か？」

未夜が聞く。

「んー、三人とも可愛い！」

光はしゃがみ込んで、

「はじめまして、下村光です」

「おら、おめーらも挨拶しろ」

「「「はじめまして」」」

「そういや、下村って家この辺だったか？」

地区は一緒だったと記憶しているが。

「いや、今から買い物に行くとこ……ってさっきから気になってたけど、それ何？」

俺が抱えている段ボールを見上げ、光は首をかしげる。

「猫だよ」

未夜が言うと光の目の色が変わる。俺は段ボールの口を開いて見せた。

「あ、茶トラだぁ。どうしたの？　まさか捨てる気？」

「逆だよ逆。さっき猫を拾ったんだけどさ、うちじゃ飼えないから引き取ってくれるとこを探してて――」

「へぇ、じゃあ、うちで飼うよ」

光はあっさり言った。

「え？　いいのか？」

「うん、うちの家全員猫好きでさ、一匹くらい増えても全然問題なし」

光は立ち上がりスマホを取り出して電話をかける。

「あ、お母さん。あのさぁ、友達が仔猫を拾ったんだけどさぁ――」

そうしてとんとん拍子に話が進んでいく。

「いいって」

「いいのかよ」

「やったぁ」

「サンキュー」

「ありがとうございます」

貰い手を探すために歩き回った苦労が報われた嬉しさからか、クソガキたちはテンション高めで礼を言った。

「案内するよ、ついてきて」

「やったな、勇にぃ」

未夜が俺の腰をばんばん叩く。

「勇にぃ、ねぇ」

光はにまっと口角を上げる。

「なんだよ」

「仲いいなって思って。有月くん、子供の相手するのが好きなんだね」

「いや、好きっていうか、こいつらが勝手にまとわりついてくるだけで――」

「勇にぃはロリコンだからな」

「……え？」

空気が凍り付いた。

「は？　おい待て眞昼。お前そんな言葉どこで……」

「……あ、有月くん？」

光の声が硬くなり、目から生気が失われる。彼女は俺から一歩距離を取った。

「ち、違うから」

「彼女作らないのおかしいなって思ってたけど、そういうことだったんだね」

「そういうことじゃないから！　おい、お前ら、ロリコンの意味分かって言ってんのか？」

「子供のことが好きな人のことでしょ？」と未夜。

「勇にぃのことじゃんか」と眞昼。

「もしかして勇にぃ、私たちのこと嫌いなんですか？」と朝華。

ああ、もう。

「……有月くん？」

こいつら、俺を社会的に殺したいのか？

なんて説明すればいいんだ。

修羅場をよそに、段ボールの中で仔猫がにゃあと鳴いた。

＊

その後、なんとか誤解は解けたが、猫を拾っただけでこんな大変な目に遭うとは思わなかった。

クソガキは焼きたい

1

まずはよぉく熱したフライパンに油を引く。

そして肉かす——豚の背脂——を砕いたものを炒める。

脂の香ばしい匂いが食欲をそそる。

肉かすがカリカリになるまで炒めたら、今度はざく切りにしたキャベツを投入し、これも炒める。

一分ほど炒め、程よく火が通ってキャベツがしんなり柔らかくなったら真打ちの登場だ。キャベツを中央に集めて土手を作り、その上にむし麺を広げる。黄色く、パラパラした麺である。

この水の量がポイントで、多く加え過ぎるとせっかくの食感が台無しになってしまう。そこにすかさず水を加え、麺に水を吸わせるのだ。

俺は堅めの麺が好きなので、ほんのわずか加える程度。

店で焼く際はキャベツで麺を覆って蒸らすらしいのだが、俺はそんな面倒なことはしないし、俺流の作り方が一番旨いと思っている。

麺全体に水分が行き渡ったら、ソースを多めにかけて素早く混ぜる。じゅうじゅうとソースの焦げるいい匂いが立ち昇る。

あとは皿に盛り、だし粉や紅ショウガ、七味などの薬味をお好みで加えれば完成だ。

「うーむ、旨そうだ」

今日は店が定休日で父と母は朝からドライブデートに出かけている。ゆえに、俺は自分で昼食を作らなければならない。

料理などあまりしない俺だが、焼きそばは別だ。この街の住民にとって焼きそばの焼き方は必修科目なのである。

さて、食うか。

無人の店内。

カウンター席に陣取り、焼きそばを口に運ぶ——その時、十二時五分、

「勇にぃ」

「勇にぃ」

「勇にぃ」

「あれ？　閉まってるぞ」

「眞昼、今日は休みみたいだね」

「でもほら、お店の中に勇にぃいるよ」

朝華が窓に顔を寄せて笑顔を見せる。

うるせぇのがきやがったな。

こちとら今から飯だってのに。

店の前で騒がれても困るので、仕方なく応対することにする。

「なんだ、おめーら。今いいとこなんだよ」

「なんか良い匂いするぞ」と未夜。

「この匂いは……焼きそばだ」

眞昼が言う。

店の中にクソガキたちを入れてやる。

「美味(おい)しそう、これ勇にぃが作ったんですか？」

「ん、そうだよ。食うか？」

「食う」

「食う」

「食います」

エサを求める鯉(こい)のように口をパクパクさせるクソガキ三匹。その口に一口ずつ焼きそばを放り込む。

「うまーい」

「うまい」

「美味しいです」

「勇にぃのくせにうまいじゃん」

「『勇にぃのくせに』は余計だ、ほれ」

「うまーい」

「美味しいです」

「はっはっは」

そうやって調子に乗って餌付けをしていたら、

「あっ、もうねぇ」

俺の昼食がクソガキどもの腹に収まってしまった。

「お前ら全部食いやがって、俺の分がなくなっちまったじゃねぇか」

「キャベツが残ってるぞ」

「ちゃんと野菜も食え」

「美味しかったです」

仕方ない。もうひと玉焼くとするか。

そうしてキッチンに向かいかけた俺の服を未夜が引っ張った。

「勇にぃ、私も焼きたい」

2

「手ぇ洗ったか？」
「洗った」
「洗った」
「洗いました」
「よーし、では今からおめーらに焼きそばの極意を伝授するぞ」
「「「おー」」」

クソガキたちが焼きそばの街に住んでいるくせに焼きそばを焼いたことがないと言うので、仕方なく俺が有月勇流焼きそばの焼き方を叩きこんでやることにした。

とは言っても、包丁は絶対に触らせないし、火を使う時も基本的に俺が担当する。

まずはフライパンに油を広げる。火はまだつけない。本当ならフライパンを温めておくのだが、クソガキたちがいるので安全優先で行くことにする。

「ほれ、じゃあ未夜、油を広げてくれ」

ヘラを持った未夜の体を抱き上げる。

「こう？」
「そうそう、まんべんなくな」

つたない手つきではあるが、油はなんとかフライパン全体に行き渡った。

「じゃ、次は眞昼、肉かすを入れて、ヘラで割って」

今度は眞昼を抱っこする。

「おりゃ、おりゃ」

「そうそう、よし、おめーら離れて、皿の準備しといてくれ」

ここでようやく火をつけ、砕けた肉かすを炒める。

「よし、じゃあ朝華、キャベツを入れてくれ」

火を止めて朝華を抱きかかえる。朝華が一番軽いな。

「はい、入れました」

「よしよし」

フライパンをキャベツが埋め尽くす。

「わー、なんかもう良い匂いしてきた」

未夜が鼻をクンクンさせる。

「勇にぃ、あたしも焼きたい」

「ああん？　危ねぇから駄目だ」

「焼きたい！」

「しょうがねぇな」

火を止め、再び眞昼を抱きかかえる。

「ほれ、素早くヘラを動かすんだ」

「う、うん」

「ほれ、のろのろしてると焦げちまうぞ」

「分かってるって」

厳密には焼いてないが、真似事でも十分満足したようだ。

「次は私だ」

「私も焼きたいです」

眞昼を下ろした途端に未夜と朝華が飛びついてくる。

「も、もういいか」

カッカッ、と小気味よい音が響く。

「まだやる」

正直こいつらを長時間抱き上げているのは疲れるし腰にくる。

「勇にぃ、次は私です」

「あたしももう一回やりたい」

「……マジか」

こうして代わりばんこにキャベツを炒めさせ、次のステップに進むまでに十分ほどの時間を要した。

焼きそばはスピードが命だってのに。

「よし、じゃあ、麺を入れるぞ。未夜(みや)、麺」

「はい」

軽くほぐしてから、麺をキャベツの上に乗せる。

「そういえば、夏休みに熊本のじいちゃんちに行った時に食べた焼きそば、あんまり美味しくなかったな」

眞昼が思い出したように言った。

「なんかふにゃふにゃしてて歯ごたえがなかった」

「カップ麺の焼きそばも柔らかいよね」

未夜が同調する。

数年前に全国的な大会で優勝し、町おこしにも使われたこの街の焼きそばは、コシのある独特な歯ごたえが特徴的だ。

生まれてからずっとこの焼きそばを食べ続けてきた身としては、自分たちの食べてきた焼きそばが特殊なものだという認識はない。が、この焼きそばこそこの皿で一番旨い焼きそばであるという点は認めざるを得ない。

「よし、水入れるぞ。未夜、コップに水を入れてくれ」

「ほいよ」

未夜は水道水をコップに半分ほど入れる。

「未夜、これじゃ多すぎる。もうちょい減らせ」

「こんくらい？」

「もっと」

「えー、これじゃあ、底にちょびっとしかないじゃん」

「いいんだよ、キャベツからも水分出るし、ソースもかけるんだから」

水を麺に吸わせ、さらに炒める。

そして仕上げのソースだ。じゅう、と香ばしい匂いが立ち込める。

「いい匂いー」

「うまそうだ」

「美味しそうです」

火を消し、皿に盛る。

「よし、できたぞ」

クソガキたちが店内の方へ運んでいくのをしり目に、俺は簡単な片づけを済ませた。

やれやれ、これでようやく昼飯にありつける。

もう一時前じゃないか。

焼きそば一つ焼くのにこんな苦労をするとは……

「……あっ！」

「うまーい」

「あたしは料理の天才だな」

「自分で作ると美味しいねぇ」

「お、お前ら、全部食ったのか？」

クソガキどもに蹂躙(じゅうりん)され、皿の上にはキャベツと肉かすの残骸だけが無残に残されていた。

口元にソースをつけたクソガキたちは満足そうにお腹(なか)をさすると、

「よし、じゃあ遊ぶぞ」

「未夜、今日はレースのやつやるぞ」

「勇にぃも早く行きましょう」

二階へと駆け上がっていく。

「あいつら、普通全部食うか？」

やつらの食べ残したキャベツと肉かすを食べながら、俺はどうやって復讐(ふくしゅう)してやろうか、と考え続けた。

結局もう一食焼いた。

＊

クソガキと運動会

1

九月下旬。いよいよ秋も深まりを見せ始めた。蟬(せみ)の声が止(や)み、街を彩った緑は褪(あ)せていく。夏が去っていくこの時期、子供たちにとっての一大イベントが開催される。

渇いた秋空の下、赤白帽をかぶった子供たちがわちゃわちゃと校庭を動き回る。外周では保護者たちが人の壁を作り、我が子の雄姿を目にしようとせめぎ合う。

三角フラッグで飾られた遊具に白いテント。少し音割れしている放送席のアナウンス。時折鳴り響く太鼓の音に「天国と地獄」の軽やかな旋律。

運動会である。

懐かしい光景だ。

「おい勇(ゆう)、ちょっくらコーヒー買ってきてくれ」

「たっちゃん、俺のも買っていい？」

「ああ、ダッシュな。未夜の出番まであと三分だ」

「オッケー」

たっちゃんこと春山太一（はるやまたいち）はプログラムを丸め、ビデオカメラを覗（のぞ）き込んでいた。次の演目は一年生によるダンスだ。

たっちゃんは未夜の実父で、俺の親父（おやじ）の趣味仲間（クルマ）でもある。その縁で俺は小さい頃よく遊んでもらった。

金髪に浅黒い肌、猛禽類（もうきんるい）のような鋭い眼光。チョイワル親父といった風貌だが、根は優しいおっさんだ。

二人分の缶コーヒーを手に、たっちゃんの下に戻る。

「ほい、たっちゃん」

「おうサンキュって、こら二本ともカフェオレじゃねぇか。俺はブラックが飲みてぇんだ」

「いいじゃんか、どっちでも」

「どっちもカフェオレだろうが」

「たっちゃん、もう始まるってよ」

「ったく」

ビニールで作った赤いポンポンを手にした一年生たちが入場し、運動場の中央に並び立つ。

「未夜はどこだ……未夜あああああ」

たっちゃんはビデオカメラを構えて人の壁の中へ突入していく。

俺は階段の上の方に上がり、運動場を見下ろす。小さいが、こちらの方が全体をよく見渡せる。

あ、未夜だ。あそこには眞昼。あれが朝華(あさか)か。

三人ともへたっぴだが、動きに愛嬌(あいきょう)があっていい。三人とも赤軍だ。

ダンスが終わり、一年生たちがはけていく。次はたしか六年生の大玉転がしか。これは別に見なくてもいいだろう。

俺は校内を歩く。

六年ぶりの母校だ。

あちこちでレジャーシートや折り畳み式のキャンプテーブルが散見される。

それにしても最近の小学校は運動会でも保護者関係の人間じゃないと入れないらしい。春山家と一緒だから入場することができたのだ。中庭の池に渡された橋の上でカフェオレを飲む。

そうそう、低学年の頃よくこの池に落ちたっけ。足の向くまま気の向くまま、校内の散策を再開する。昔と同じ場所もあれば、遊具が撤去されていたりと変わってしまった場所もある。無理もない。俺が卒業してからもう六年近くが経つのだから。

思い出の景色を頭の中で思い浮かべながら、俺は一息にカフェオレを飲み干す。

やがて、正午の鐘が響き渡った。

「勇にぃ、私の活躍をとくと見たか」

体操服姿の未夜はおにぎりを頬張りながら言った。

「おう、見た見た。綱引きの途中で勢い余って後ろにすっ転んだのをしっかり見たぞ」

「それは見なくていいんだよ！　バカバカ」

ぽかぽか叩いてくる未夜を無視して午後のプログラムを確認する。一年生が出場する競技は徒競走だけか。

「ちょっとタバコ吸ってくるぜ」

たっちゃんが大儀そうに立ち上がると、未来さんがすかさず、

「喫煙所で吸ってきてよ。場所分かる？」

「分かってるって」

未来さんのお手製弁当を食べていると、背後から聞き慣れた声がした。

「おーい、未夜」

「あ、勇にぃもいる」

眞昼（まひる）と朝華が連れ立ってやってきた。

「おう、おめーら」

「見に来てくれたんですか？」

朝華が背中に抱き着いてくる。

「どうでした？」

「ダンスかっこよかったぞ」

「えへへ、いっぱい練習しました」

「あっちで遊ぼうぜ」

眞昼に手を引かれ、俺は立ち上がる。

「未夜、もういい？」

未来さんが聞く。

「うん、ごちそうさまー」

裏庭で遊ぶことにした。それにしてもこいつら、午前中あんなに動き回ってたのに、よく体力が持つな。昼ぐらい休憩すればいいのに。

遊具で遊ぶ三人を見守りながら、俺は聞く。

「おめーら、あとは徒競走だけか。選抜リレーには一年は出ないんだよな」

「ふっふっふ、勇にぃ、見てろよ。あたしクラスで一番速いんだぞ」

「ほう」

「男子より速いんだから」

自信たっぷりに眞昼は薄い胸を張る。

たしかに眞昼は運動神経がいい。午前の競技でも眞昼は好成績を収めていた。

「見せてもらおうじゃねぇか。ちなみに俺は六年の時に選抜リレー選手だったけどな」

「勇にぃのくせに生意気な」

「あんだと」

「眞昼ちゃん、頑張ってね」

「おう」

「朝華も頑張れよ？」

「私、クラスで一番足遅いから……」

「遅くてもちゃんと応援してるから、頑張ってこいよ」

「はい！」

「勇にぃ、私は？」

「未夜(みや)も頑張れ」

「うん」

クソガキたちはやる気がみなぎってきたようで、いっそう激しく遊具の中を飛び回る。

……体力温存しなくていいのかこいつら。

2

赤白両軍の応援団による応援合戦も終わり、いよいよ午後の部が開幕した。

『次は、一年生による、徒競走です』

アナウンスが響く。

ゴール付近のベストポジションを確保した俺は、三人の登場を待つ。

第一陣には未夜の姿があった。セミロングの茶髪をポニーテールにし、気合十分だ。

やがて号砲が乾いた破裂音を響かせ、スタートした。一年生たちが砂ぼこりを巻き上げ、一斉に駆け出す。

未夜、頑張れ。

あ、ああ。駄目か。

未夜はおてんばなくせして運動神経がそこまでよくない。俺の心の声援もむなしく、あれよあれよと抜かされていく。

未夜は六人中五位という結果だった。ゴールした未夜は俺に気づいたのか、照れくさそうに小さく手を振る。サムズアップを返すと未夜はにっこり微笑(ほほえ)んだ。

朝華の出番は三組目だった。

長い黒髪を振り乱しながら、朝華は必死に走る。大股で正直かなり遅いへなちょこ走りだが、ほかの子供もそこまで速いわけではなく、四位という大健闘だった。ゴール後、朝華も俺に気づいたのか、順位別の列に並ぶ前にこちらに駆け寄ってきた。

「勇にぃ、やりました」

「頑張ったな」

「えへへ」

頭を撫(な)でてやると、朝華は満足そうに戻っていった。

五組目、いよいよ眞昼の出番だ。

スタートから一気に先頭に躍り出た眞昼は、後続をぐんぐん突き放す。

さすがに速いな。

クソガキの中で一番運動神経がいいだけのことはある。

なんというか、走り方を分かっているという感じだ。しっかり腕を振り、姿勢も崩れていない。ほかの子供たちが力任せに走っているのに比べると、そのセンスの差が窺(うかが)える。

これは余裕の一位だろう。大口を叩くだけのことはある。

ゴールまであと数メートルというところで、それは起こった。

「あっ」

勢い余って前のめりになりすぎたのか、それとも何かにつまずいたのか、眞昼は転んでしまった。

どよめきが起こる。

徒競走において、たとえ一秒でもロスがあれば、結果は大きく変わってしまう。眞昼が立ち上がるまでの数秒で、後続の子供たちはどんどん彼女を抜かしていく。

眞昼は六人中六位という結果だった。

＊

「いいかげん、元気出せって」

「……」

「事故みてーなもんだ。しょうがないって」

運動会の翌日である。眞昼は朝から俺の部屋に遊びに来た……くせにずっとベッドに座ってどんよりしている。

「違うもん、あれはあたしの本気じゃないもん」

擦りむいた膝には絆創膏（ばんそうこう）が貼ってある。

「一番速かったことは分かってるから。な？　運が悪かっただけだって」

「あたし、速いんだもん」

目に涙を浮かべ、鼻声になる。

「あたし、一番速かったんだもん」

そんなことを言うために朝っぱらから来たのか、このクソガキは。

自信たっぷりだった分、ショックも大きいのだろう。特に実力ではなく不慮の事故が原因であるがゆえに、余計に悔しいはずだ。

全く、世話の焼ける。

俺は眞昼を胸に抱き寄せる。

「頑張ったとこはちゃんと見てたぞ」

「でも、ビリだった……」

俺の服を摑み、眞昼は涙で濡れた顔を押し付ける。

「最初に全員置いてきぼりにするくらい速かったのも見てたし、転んでも頑張って起き上がろうとするとこも見てた」

「……」

「そんなに悔しかったなら、次の運動会でちゃんと一位取ってみろ。それともなんだ？自信がないのか？」

そう挑発すると、眞昼はむっとした顔を見せた。

「うがー、やってやる。来年こそ一位だ」

「はーん、できるのかぁ？」

「できる！」

いつもの元気が戻ってきた。

涙を拭い、眞昼は立ち上がる。

「よし、勇(ゆう)にぃ、来年を楽しみにしてろよ」

第三章　呪い

1

「さ、最悪」

机から窓の外を眺めながら、私は重たい息をついた。

鈍色（にびいろ）の空からこれでもか、というほど雨粒が降り注いでいる。地面はぬかるみ、水たまりが点々とできあがっていた。じめじめとした空気がよりいっそう強まって、梅雨空以上に私の心はどんよりしていた。

朝の天気予報では一日中晴れの予報だったのに。朝はこの時期にしては珍しく透き通った青空が広がり、空気も比較的さっぱりしていた。

が、お昼辺りから雲行きが怪しくなり、帰りのホームルームの直前になって降り始めてしまったのである。

「もうちょっと粘ってよぉ」

帰る直前になってそれはないよ。

今日はせっかく部活が休みだっていうのに。

「はぁ」

どうして私がここまでへこんでいるのか、察しのいい方にはお分かりだろう。

つまるところ、傘を忘れたのである。

小雨程度だったら多少は濡れて帰っても……いや、ダメだ。夏服だから下着が透けちゃう。

仕方ない。ここは母に電話して迎えに来てもらおう。

「あ、もしもし？」

「何、おねぇ？」

出たのは未空(みそら)だった。

「未空？　お母さんに代わって」

「ママなら買い物行ったよ」

「ええ！　一緒じゃないの？　でもスマホ……」

「これ？　これは家に忘れたみたい」

「嘘(うそ)ぉ」

さすがに小三の未空に高校まで傘を持ってきてとは頼めない。

「もしかしておねぇ、傘忘れたの？　うぷぷ。お馬鹿だねぇ」

「う、うるさい。お母さん、いつ頃買い物に行ったの？」

「十分くらい前かな。たぶん一時間は帰ってこないっしょ」

「ええ、もう」

なんてこった。

母が帰ってくるまで学校で時間を潰すことにしよう。ミス研の部室で読書でもしていれば、一、二時間は余裕だ。それに学校で雨宿りをしているうちにコロッと雨が止むかもしれない。

そうして私はミス研の部室へ向かう。

雨は止む気配を微塵も見せず、だらだらと緩急のない降り方が続いていた。

部室で読書をし始めて三十分ほどが経った時、急に電話がかかってきた。母からだ。

「もしもし？」

「あ、おねぇ？」

「なんだ、また未空か」

「なんだとは何さ。人がせっかく傘を届けてあげたのに」

「え？ 未空、傘持ってきてくれたの？」

「うん。たぶん、そろそろ着く頃だと思うから、昇降口のとこで待ってなよ」

「ありがとう」

あぁ、なんて姉想いの妹なんだ。

オーバーラップ文庫＆ノベルス NEWS
文庫注目作
『聖女アリスの生配信』、異世界から配信中！
バズれアリス1
【追放聖女】応援（いいね）や祈り（スパチャ）が力になるので
動画配信やってみます！【異世界⇒日本】
著：富士伸太　イラスト：はる雪
ノベルス注目作
公爵様や精霊たちに
見守られながら、
魔道具屋さんはじめます！
魔道具師リゼ、開業します1
～姉の代わりに魔道具を作っていたわたし、
倒れたところを氷の公爵さまに保護されました～
著：くまだ乙夜　イラスト：krage
2304 B/N

いつものクソガキぶりが嘘のようだ。

この雨の中歩いてきたのなら、さぞかし寒かっただろう。

帰りにコンビニでお菓子でも買ってあげよう。

「うふふ」

ぱたぱたと片付けを済ませ、私は昇降口に急いだ。

そこで待つこと数分。

灰色の傘を差した人影が昇降口の方へ近づいてくる。服装からして生徒ではなさそう。

先生か用務員の人だろう。

「さむっ」

雨で気温が下がったのか、肌を撫でる風が冷たい。

未空まだかな。風邪引いてないといいけど。

さっきから視界に入っていた灰色の傘の男の人はなぜか私の方に近づいてきた。

……ん？

あれって、もしかして、

「おう、未夜（みや）。待ったか？」

「勇にぃ？」

黒いTシャツに色褪（いろあ）せたジーンズ。足元はすっかり濡れていて、雨の中を長いこと歩いてきたと一目で分かる。

「な、なんで勇にぃが……」

「未空ちゃんに言われてな」

「み、未空が？」

「ほら、この前買ったミステリの新刊、お前に貸してやろうと思って家に行ったけどまだお前が帰ってなくてさ、ちょうど俺が着いた頃に傘忘れたって電話がきたみたいで、それで未空ちゃんに迎えに行けって言われて」

なるほど、そういうことか。

未空……ナイス！

「そ、そうなんだ、ごめんね」

「いいって」

さっきまで肌寒かったのに、なんだか体の内側から温かくなってきた。鬱陶しい雨も、勇にぃと帰れるのならむしろ情緒がある。

まるで世界が私の味方をしているようだ。

「ほれ」

勇にぃがピンク色の折り畳み傘を差し出した。

「ありがと」

「しっかし、お前は相変わらずおっちょこちょいだなぁ。梅雨の時期に傘を持たないなんて」

「もう、うるさい」

カバーを外し、折り畳まれた傘を開く。

「あれ……」

出てきたのは、穴が何か所も開き、骨組みがガタガタになったボロ傘だった。

こんな傘でこの雨の中を歩けばどうなることか。

「あー、壊れてるな」

「こ、これ、未空に渡されたの？」

「カバーがついてたから、未空ちゃんも気づかなかったみたいだな」

「ははは……」

となると、傘は勇にぃが差しているものしかない。

二人で一本の傘を使い、濡れずに帰るためには……

「……」

「……」

あのクソガキ、謀ったな！

*

勇にぃに寄り添うようにして、私は雨の中を歩いている。

大人二人が直径一メートルほどの円の中に収まるためにはかなり密着しなくてはいけない。

これじゃあまるでカップルみたいじゃん。

子供の頃は一緒の傘に入ったりするなんてしょっちゅうだったのに、すごく緊張してる自分がいる。何も気にしないですんだ子供の私が羨ましい。

「なんかどんどん強くなってんなー」

「そだね」

勇にぃはいつもと変わらないぽけーっとした表情のままだ。私だけ意識しちゃってる感じ？

やっぱり勇にぃにとって私はまだ子供なのかな。

「未夜、肩が濡れるぞ。もうちょいこっち来いって」

「う、うん」

いっそう距離が縮まり、勇にぃの匂いが鼻孔を撫でる。

昔から大好きな、変わらない匂い。

「わっ」

前から来た車が水たまりを跳ね上げてきたので、私たちは傘を盾にして道の端に寄った。

勇（ゆう）にぃの胸に顔がくっつく。

「……！」

「あっぶねぇ。濡れなかったか？」

「うん、大丈夫」

「あん？　なんでそんなにやにやしてんだ？」

「べっつにー」

「？」

「早く帰ろうよ」

「おう」

私は軽い足取りで一歩を踏み出す。

勇にぃの心音も、バクバクに鳴ってたから。

2

雨が降ろうが槍（やり）が降ろうが、バレーの練習に大きな影響はない。広々とした体育館の中で、女子バレーボール部のみんなは懸命に練習に励んでいた。

その休憩中、部員仲間の一人が突然こんなことを言い出した。

「ねぇ、まっひー、あんた男バスの浜本(はまもと)くんって知ってる？」

「浜本……ああ、六組のやつ？」

「そうそう、浜本くんがさ、あんたのこと気になるって言ってたらしいよ」

「あっ、そう」

心底どうでもいい。

「気の抜けた返事……相変わらず反応薄いなぁ。浜本くんカッコいいし面白いのに」

「いや、話したこともねーし」

「私同じクラスだから紹介してあげようか？」

「いやいいよ」

男なんて、どいつもこいつも顔よりも先に胸ばかり見てくるやつばかりでうんざりする。できることならこちらから関わることはしたくない。

「てかさー、なんで彼氏作らないの？　そんなんだから鉄壁聖女なんて中二臭いあだ名つけられるんだよ」

「……えと、今はほら、部活が忙しいし」

「ふーん、じゃあこの前の練習試合で応援に来てたおっさんは？」

「ふぇっ、な、なんでそんな前のことをいきなり——」

「分かりやすっ！」

「あ、あれは昔お世話になってた兄貴みたいなもんで、まだそういう関係じゃないから」

「まだ、ねぇ」

「な、何さ」

「ま、そういうことにしといてやるか」

部活が終わった後、併設されたシャワールームでしっかり汗を流してから帰った。〈ムーンナイトテラス〉に寄ると、未夜と勇にぃがちょうど外に出るところだった。

「あ、眞昼部活帰り？」

「おう、あれどっか行くのか？」

「飯でも食いに行こうと思ってな。眞昼も行くか？　奢ってやるぞ」

勇にぃはじっとあたしの目を見つめる。のほほんとした、いつもの目だ。

「もちろん。部活終わってから何にも食ってないから、腹減ってさぁ」

勇にぃの腕に自分の腕を絡ませる。

「お、おい、眞昼、外であんまくっつくなって」

「なんだ？　家の中ならいいのか？」

「そういうわけじゃねぇわ。絵面が不健全だってこと」

そうは言いつつも、勇にぃは無理に振りほどこうとはしなかった。未夜(みや)が何か言いたそうにこちらを睨(にら)んでいる。

「んなことより早く行こうぜ。練習でくたくたで腹減ったよ」

部活帰りで食欲はマックスだ。

「そうだなぁ、どこがいい？　二人とも」

「ゆ、勇にぃ、私はどこでもいいから、食べ放題コースがあるとこにしといたほうがいいよ。今の眞昼はたぶん十人分くらい食べるから」

「そ、そうだな」

「なんだ未夜、人を大食いみたいに。さすがに十人分は無理だって」

「大食いでしょうが」

「じゃあ、焼肉にすっか」と勇にぃ。

「よっしゃ」

「大丈夫？　勇にぃ」

未夜が心配そうに尋ねる。

「食べ放題のコースもあるとこなら大丈夫だろ。未夜も眞昼も遠慮なんかいらないぞ」

そしてあたしたちは歩きで焼肉店へ向かう。

「そういや、朝華(あさか)はどうしてるかな」

道中、誰にともなく勇にぃが言った。

「あたしらと一緒で、これから飯じゃない？」

「寮の生活って憧れるよねぇ」

「朝華の学校はお嬢様学校だからな。未夜みたいにのんびりしてるやつはついていけねぇって」

「の、のんびりなんかしてないもん」

「はっはっは」

「勇にぃ、何笑ってるのさ」

「いや、昔を思い出すなぁって」

遠くの景色を眺めるように、勇にぃは目を細める。

「お前らがわちゃわちゃしてるのを見てると、あの頃の思い出が蘇ってくるぜ」

あの頃――あたしたちがまだ小学校一年生だった、あのほんのわずかな時間。一年にも満たなかった勇にぃとの思い出の時間は、あたしたち三人の宝物だ。

3

『あの、勇さん』

『なんだ？』

勇にぃはしゃがみ込んで私と視線を合わせてくれた。

緊張で声が小さくなる。

『あの……私も、勇にぃって呼んでもいいですか？』

不安でいっぱいになり、私はうつむく。そんな私の頭を、勇にぃは優しく撫でてくれた。

『いいよ。っていうか、眞昼なんて会った日からそう呼んできたしな。朝華はいつ呼んでくれるのかって待ちわびたぜ』

目の前に光が広がるような気持ちだった。

『えへへ、勇にぃ』

抱き着く私を抱きかかえ、勇にぃは立ち上がる。

暖かい風に乗って、正午の鐘が鳴り響いた。

「はぁ」

とてもいい気分。

私は幸福に包まれながら目を覚ました。

窓から差し込む朝日に照らされ、部屋全体がなんだかぽかぽかと気持ちがいい。

今日は梅雨の晴れ間のようだ。

枕元に手を伸ばし、眼鏡をかける。

何気ない動きをするだけなのに顔がほころぶ。

「うふふ」

心が浮き立つ気さえする。先ほどまでいた夢の世界のおかげだ。

私の灰色の日常の中で、唯一の楽しみが夢を見ることである。

運が良ければ子供時代の夢を見ることができるからだ。どれだけお金を払っても、どれだけ努力を重ねても、子供には絶対に戻れない。

時間の流れは巻き戻らない。

それはこの世の真理、絶対のルールだ。

だけれど、夢の中でなら、一夜の幻の中だけでなら、あの頃を追体験できる。

私はたった今見た子供時代の夢を反芻しながら身支度を整えた。

初めて「勇にぃ」と呼んだ時の場面だった。私の思い出の中で、もっとも美しいあの夏の日……とてもいい気分。

食堂で朝食を摂っていると、向かいの友人がこちらをまじまじと見て、

「あれ？　源道寺さん、すごい嬉しそう」

「ふふ、そうですか？」

「うん、いいことでもあった？」

「ええ、とても嬉しいことが……」

「えー、何？　朝の星座占いが一位だったとか？」

「ふふ、秘密です」

夢の中であの人に撫(な)でてもらった感触を思い出しながら、私は今日一日を幸福に過ごした。

その日の夜。午後十時。

また子供の頃の夢を見られますように、と期待を胸に秘めながらベッドに潜る。瞳を閉じかけた私をスマホの着信音が引き留めた。こんな時間、というほど遅くはないが、誰だろうか。

見ると、画面には『春山(はるやま)未夜』の文字が。

「未夜ちゃん？」

「あ、朝華ー？」

「どうしたの？」

「いやぁ、ちょっと朝華の声聞きたくなって。今何してたのー？」

「もう寝ようと思ってたところだよ」

「そうなんだ、ご、ごめん」

「いいよ、大丈夫」

それから私たちはとりとめのない話をした。

「そういえば、朝華、週末は来るよね？」

未夜ちゃんの声の調子が落ち着かないものになる。週末にあるものといえば、彼女の誕生日。胸の奥に冷たい痛みが広がっていく。

「今年は勇（ゆう）にぃもいるしさ、みんなで――」

「ごめんね」

「へ？」

「ごめんね、未夜ちゃん。今年はちょっと忙しくて、時間的にも厳しそうで、その……行けそうにないの」

「えぇ！　そ、そうなの？」

未夜ちゃんの声が弱弱しくなる。

「本当にごめんね」

「そっか、全然大丈夫だよ……あはは」

「ごめんね」

これでいい。私は自分に言い聞かせる。

「ごめんね、ごめんね……」

4

六月二十三日、金曜日。

「あ、あの、春山さん、これ」

「あ、ありがとう……ございます」

クラスのあんまり話したことのない男子から小さな箱詰めのお菓子を貰(もら)った。高級そうな包装だ。

「春山さ、ちょっといいか？」

「はい？」

顔を赤らめた男子が声をかけてきた。たしか隣のクラスの子だ。一年の時に同じクラスだったけど、特別仲が良かったわけではない。

空き教室に呼び出され、黒くて細長い箱を差し出される。

「え？　えっ⁇」

彼は神妙な声で、

「俺の気持ち、受け取ってくれるか？」

「き、気持ちって」

彼はにやりと笑ってその箱を開ける。中にはキラキラと輝くハートのネックレスが。たしかこれって、高校生に人気のブランドでけっこうなお値段がするって聞いたことが……

「誕生日おめでとう、といっても、明後日(あさって)だけどね。君は僕の天使だ。よければ、俺と付き合って――」

「そ、そ、そういうのは受け取れましぇん。あっ」

極度の衝撃と緊張で噛(か)んでしまった。私は教室から飛び出す。

「待って、俺、諦めねぇから」

「困りますぅ」

「あっ、春山さん、ちょっといいですか？」

「へ？」

「春山さん」

「春山」

「春山さん――」

休み時間のたびに声をかけられ、全く休めなかった。

＊

明後日、六月二十五日。私の誕生日だ。その日が日曜日なので、平日最後の今日、いろんな人が私にプレゼントをくれた。中には受け取ることをはばかるような重いものもあったけど。

年に一度、自分だけが主役になれる日……だけれど、人から注目を浴びるのは胃が痛くなるから苦手だ。

親しい人が祝ってくれるだけでいいのにな。

ああやってたくさんの男の子たちからプレゼントを貰うと、たいして仲の良くない女子たちからは冷たい目で見られてしまう。

「あんた、今年もすごいねぇ。さすがは鉄壁聖女」

どっさりと山積みになった誕生日プレゼントを見下ろしながら、星奈（せいな）ちゃんは感心するように言った。

「いやぁ、正直こんなに貰えるとは」

「外神（とがみ）ちゃんの時もすごかったらしいわよ」

「ああ、夕陽（ゆうひ）ちゃんの時は軽トラの荷台がいっぱいになったって噂（うわさ）で聞いたよ」

「さすがは鉄壁聖女様ね。あんたもトラックぐらいいっぱいにしてみなさい」

「別に張り合ってるわけじゃないから」

「それはそれとして、これは私から。あんたこういうの好きでしょ」

言って星奈ちゃんは個包装の駄菓子を机に置いた。

「はい、カブトムシグミ」

「馬鹿にしてる!?」

「冗談だって。こっちが本命」

私が好きな推理作家の新刊だ。

「わぁ、ありがと」

「ちょうど昨日が発売日だったから、タイミングよかったわ」

「わーい、ありがとう星奈ちゃん」

そして二日後の六月二十五日の夜、我が家で誕生会が開かれた。

家族に加え、勇にぃと眞昼（まひる）も呼んだ。当然朝華（あさか）も呼んだのだけれど、どうやら今年は学業が忙しいらしく、顔を出せそうにないらしい。とても残念だ。

私以外の全員がハッピーバースデーを歌ってくれる。高三にもなってこういうのはなんだかこそばゆいが、悪い気はしない。

でも、ろうそくの火を消すのは恥ずかしいかも。

きっちり十八本並んだろうそくに息を吹きかけると、みんながクラッカーを引いた。

軽快な破裂音と「誕生日おめでとう」の声がリビングに響く。

母がケーキを切り分け始めた。

「えぇ、朝華ちゃん来ないの？」

未空が頬を膨らませる。

「……忙しいみたい」

「ちぇー」

電話で話をした時、朝華は何度もごめんねと繰り返していた。家族同然の親しい人だけ集まる誕生会。この光景の中に朝華がいたら、どれだけ嬉しかったことか。

でも朝華には朝華の都合があるのだから仕方ない。

もう子供ではないのだから、わがままは言えない。

「はい、未夜」

眞昼がラッピングされた袋を差し出す。中を見てみると、猫をモチーフにしたサンダルだった。

「わぁ、可愛い。ありがとう」

眞昼は部活帰りに寄ったようで、いつものジャージ姿だった。

「今年は勇にぃがいるからな。夏はみんなでいろんなとこに行こうぜ」

「そうだね」

「おう、任せとけ」

勇にぃはケーキを頬張りながら親指を立てる。

「車を買ったら、いろんなとこに連れ回してやるからな。覚悟しとけよ」

「おい勇、俊さんから聞いたぞ。スポーツカー買うんだってな」

「え？　たっちゃん、まだどんな車を買うかは決めてないって」

勇にぃは子供の頃から私の父——春山太一と親交があるようで、父のことをたっちゃんと呼ぶ。

「ねぇ、おっさん同士でちゃん付けとかキモイんだけど」

未空の辛辣な一撃が決まり、場が沸き立つ。

父は勇にぃを奥のソファーに引っ張り、ビールを飲みながらスポーツカーについての講義を始めた。

「男の子ねぇ」と母が微笑む。

「未空ちゃんはお姉ちゃんに何かプレゼントしたか？」

眞昼が膝の上に座った未空に聞く。

「うん、イチゴの匂いのする消しゴム」

「……ははは」

それから私が子供の頃のホームビデオを見たり、みんなでテレビゲーム大会などをしたりして、とても楽しい誕生日になった。

今年は勇にぃに十年ぶりに祝ってもらえたけれど、その代わりに今まで参加してくれた朝華が欠席となってしまった。

それがまるで交代のように感じられたのはきっと私の気のせいだろう。勇にぃが帰ってきた代わりに、今度は朝華が……

なんて、そんなことあるわけないのに。

せっかくの誕生日に変なことを考えてしまった。

朝華も学校の方が落ち着いたら、こっちに顔を出すだろう。

今年は勇にぃも帰ってきたことだし、また四人で一緒にいられるはず。

きっとそうだ。

＊

「勇にぃ、そんなに飲んで大丈夫？」

眞昼が水の入ったコップを勇にぃに渡す。

「サンキュー。大丈夫だって。それよりほら、未夜」

すっかり顔を赤くした勇にぃが小箱を手渡す。指先が少し震えていた。父が調子に乗って飲ませすぎたようだ。

「誕生日おめでとう」

「ありがとう。開けていい？」

「ああ」

十年ぶりの、勇にぃからの誕生日プレゼント。

中を検めると、そこには三日月が輝いていた。

「これ、ヘアピン？」

金色の小さな三日月を先端にあしらっており、十年前に貰った子供用のヘアピンとは趣が異なる上質なものだ。

「アクセサリーショップを見て回ってたら、ピンときてな。絶対未夜に似合うと思ったんだ。十年前と同じで芸がないけど……」

「そんなことない、嬉しい」

「それならよかった」

さっそく身に着けてみる。

「どう？」

「似合ってるぞ」

「いいじゃん、未夜」

「えへへ」

「あんなに小さかったお前が、もう十八歳か……」

「あの頃の勇にぃと同い年だね」

「……そうだな。あの頃は、本当にめちゃくちゃだったな」

「そ、そう？」

「お前らのせいで、俺がどれだけ不審者扱いされたことか」

「そ、そうだっけ？　眞昼」

「そ、そんなこともあったような……」

眞昼と目を合わせ、白々しい顔を作る。

「なんだ忘れたのか？　最初はそう、お前らが空き家で――」

その時、インターホンが鳴った。

こんな時間に誰だろう？

私は玄関へ急ぐ。

「はーい」

扉を開けた先に待っていたのは――

「あ、朝華！」

朝華がいた。

＊

「朝華だと？」

未夜の声が聞こえてきた。来ないと連絡があったようだが、まさかやってくるとは。

「うぷ……」

俺は勢いよく立ち上がろうとしたがよろけてしまった。だいぶ酔ってしまっているようだ。横にいた眞昼が肩を貸してくれる。

「さ、酒が出る」

「勇にぃ、危ないって」

「す、すまん……眞昼」

十年ぶりの朝華。

おとなしいくせに、周りの目を気にせずべったりくっついてくるクソガキ。あの寂しがりな甘えん坊はどんなふうに成長したのか。期待で胸が膨らむ。

「おっとっと」

眞昼に支えられ、時間をかけて玄関まで出迎えるも、そこには未夜一人だった。

「あれ？　朝華は……」

「帰っちゃった。明日学校あるからって、プレゼントだけ渡しにわざわざ来てくれたんだって」

未夜は丁寧に包装された小包を手に浮かれている。

「ちょっとだけど、誕生日に朝華に会えてよかったぁ」

「俺も会いてぇぞ」

外に飛び出す。

「朝華ァ！」

ちょうど遠くの曲がり角をタクシーが左折していくところだった。

夜の闇に、ブレーキランプの赤い残光が溶けていく。

「何を貰(もら)ったんだ、未夜？」

眞昼が未夜の手元を注視する。

「ちょっと待って」

朝華から贈られたのはカエデの葉をかたどったブローチだった。

＊

これでいい。

未夜ちゃんの誕生日を直接祝うことができてよかった。

もし応対したのが勇にぃだったら、きっと私はプレゼントを放り出して逃げてきたことだろう。

これでいいのだ。

私の思い出は守られた。

窓を見やると、そこに映る自分と目が合った。どうやら雨が降ってきたようだ。窓に、雫の筋が見えた。

子供の頃に大好きだったアニメの主演声優が重い病気を患い、長い闘病の末、去年の暮れに天国へ旅立った。

とても悲しかったけれど、心の隅にはほっとする自分もいた。

よかった。

これで彼女は綺麗な思い出のままでいてくれる。不謹慎な発言やスキャンダルで炎上する心配もない。

思い出を彩る尊い存在でいてくれる。

人の訃報に接して、そんなふうに思ってしまう私はとても嫌な人間なのだろう。

思い出は綺麗なままでいてほしい。

私がそんな考えに至ったのは、母のある一言がきっかけだった。

あれは七年前、私が小学校五年生になったばかりの春の中頃のこと。

私の父方の祖父は認知症を患っていて、私が物心ついた時からその気があった。症状は年々ひどくなり、私が五年生になる頃には夜間に騒ぎ出したり、徘徊をしたりすることが多くなった。

夜中に家からフラフラと飛び出したり、近隣住民とトラブルになったり、家の中で子供のように暴れたり……

そんな祖父の奇行の後始末をするのは、母の役目だった。過酷な弁護士の仕事を辞め、自由になったのも束の間、お手伝いさんたちと一緒に祖父の介護に追われるようになった。

大手医療機器メーカーの名誉会長である祖父を老人ホームや介護施設へ追いやるのは『源道寺家』と『会社』が許さず、祖父が問題を起こせば周囲に頭を下げる毎日。

それがストレスになったのだろう。

『早く死んでくれ』

ある朝、母が洗面台でそう呟くのを聞いた。

母は優しい人だった。よく笑い、よく喋る人だった。芯が強く、思ったことははっきりと口にするけれど、その根底には思いやりがある。そんな人だった。

少なくとも、子供の私が知る母はそうだった。

そんな母が誰かに対して『死んでくれ』と言ったことが私には信じられなかったし、受け入れられなかった。

私がそれを聞いてしまったことに母が気づいたのか気づかなかったのか、それは分からない。そんな余裕はなかった。混乱する頭で自分の部屋に逃げたことだけを憶えている。

その時の衝撃は言葉ではとても言い表せない。

心にひびが入る音が、私の胸に響いた。

母親は聖母ではない。

一人の人間だ。

怒りもするし、時には辛い気持ちにだってなる。愚痴を吐きたくなる時だってあるし、誰かを憎むこともあるのだ。

感情のある、一人の人間なのだから。

そのことに幼い私は気づかなかった。

清らかな存在だと勝手に信じ込んでいた。

母はその年の夏に交通事故に巻き込まれて帰らぬ人となった。

母の死は悲しかったけれど、それ以上に悲しかったのは、母のことを思い出すたびに、

『死んでくれ』と呟く悲痛な背中も一緒に思い出してしまうことだった。

母は、汚れた思い出のまま逝ってしまった。

母のように、勇にぃを失うのが怖い。

大好きなあの人を失いたくない。

だから私は会いたくない。

これからもずっと輝かしい思い出のままで……

クソガキと誕生日プレゼント

1

「はぁー、ただいま」

源道寺華吉(はなよし)は三日ぶりに我が家に帰宅した。駐車場に妻のベンツがなかったところを見ると、彼女は帰っていないのだろう。

お互い仕事が忙しく、我が家に帰るタイミングが合わなければ顔を合わせることもない。

「おかえりなさいませ、旦那様。お食事は?」

お手伝いの石川が脇から現れる。

「ああ、いい。食べてきた」

「おかえりなさい、お父さん」

「おお、朝華(あさか)」

愛娘(まなむすめ)の愛らしい顔を見れば、疲れなど一気に吹き飛ぶ。

「ほら、お土産だ」

紙袋を渡すと朝華は顔を輝かせた。

年を重ねてからできた子供なだけに、つい甘やかしてしまう。長女と次女は自立して以降、ろくに帰省してこないため、なおのこと朝華には甘くなる。

「お風呂一緒に入りましょう」

「ああ」

朝華と一緒に湯船に浸かる。ここ数カ月は特に忙しく、こうして彼女との時間を作れなかった。

「お父さん、聞きたいことがあるんです」

「なんだい？」

「男の子って誕生日に何を貰ったら喜ぶんでしょう？」

「ううん？」

男の子？

「友達かい？」

「うーん、そういうんじゃないです」

このほんのり顔を赤らめて恥ずかしそうに声を細める反応はまさか……

「ほほう」

なるほど、朝華は好きな子ができたのか。

ちょっぴり寂しいような気もするが、一番大事なのは朝華の幸せだ、と考えるのは時期尚早か。

小学生の恋なんておままごとの延長のようなものだ。学年が上がるたびに新しく好きな男子ができて、恋愛遍歴が更新されていくのが常だ。

いずれこの子も本当に好きな男ができて、ほかの娘たち同様、自分の下から去ってしまうのだろうが、それも十年以上先の話だろう。

「そうだなぁ、男の子だったら、ロボットとか」

「ロボットはよく分からないです……」

「最近の男の子の間ではどんなものが流行(はや)っているんだろうな。お父さんが子供の頃は仮面〇イダーとかマ〇ンガーZが人気だったが」

「うーん、そういうのは……」

「はっはっは。朝華には分からないか。なぁに、結局は気持ちの問題だよ。相手に喜んでもらえたらそれでいいのさ」

「勇(ゆう)にぃはどういうのが好きなんだろ」

勇にぃ？

なんだ、上の学年の子か？

やれやれ、おませさんめ。

「その勇にぃって子は何年生なんだい？」

「高校三年生です」

「は？」

「うーん」

「ちょ、ちょっと朝華、高校生と言ったか？」

「はい」

「……」

高校生はさすがに上すぎる。朝華が小学校一年生で、相手の某が高校三年生ということはその年齢差は十一歳だ。中学生と高校生が交際するのはまだ分かるが、小学生となると大きく話は変わる。というか、それはもはや犯罪だ。

「あ、朝華、その高校生の子とはどうやって知り合ったんだい？」

「え？　未夜ちゃんちのお隣さんで、いつも行くと遊んでくれるんです」

「そ、そうかい」

まぁ、小学生――しかも低学年――相手に恋愛感情を抱くなんてことはまずないか。朝華も懐いているようだし、あまりしつこく詮索をすることができない華吉であった。

2

「で、どうすっか。勇にぃの誕生日プレゼント」

眞昼(まひる)はコーラの氷をからから回しながら言った。

「お父さんは仮面○イダーがいいかもって言ってたけど、勇にぃはそういうの、もう見ないよね」

「勇にぃ、バスケ好きだからバスケのなんかとか？」

「バスケのなんかってなんだ未夜」

「三人のお小遣いを合わせても、あんまり高いのは買えないと思う」

朝華がしょんぼり言う。

「そうか、お金の問題もあるのか！　ねー、おばさん、勇にぃって何か欲しがってたものある？」

さやかはテーブルを拭く手を止めて、

「そうねぇ、みんなが心を込めて贈ったらなんでも喜んでくれるんじゃないかしら……あ、そうだ」

「何？」と未夜。

「バースデーケーキ作り、今回はみんなにも手伝ってもらって、三人の特製ケーキをプレゼントにしたらどう？」

「ケーキか」

「いいんじゃない？」

「でもあたしケーキ作ったことないな」

「大丈夫、おばさんがちゃんと教えてあげるから、どう？」

三人は顔を見合わせて、

「やる」

「やるぞ」

「やります」

3

十月二日。

俺の誕生日だ。

年に一度、自分だけが特別になれる記念日。

子供の頃はこの日が来るのを一年待ち焦がれ、ケーキやプレゼントにテンション爆上げとなったものだが、高校生ともなると家族や友達に祝ってもらうのが気恥ずかしくなる。

本当は女の子と過ごしたいものだが、彼女なんてものは生まれて十八年できたためしがない。

俺の誕生日を憶えていたクラスの女子が誕プレをくれる、ということもない。

話したことのない後輩がこれを機に告白してくる、ということもない。

部活に時間をささげたが故の灰色の青春だ。

今年の誕生日も例年通りのつまらない一日で終わりそうだ。

まあいいこともあるにはある。

今日をもって俺は十八歳になった。

ということは、これで堂々とエロ本を読むことができるということだ。社会が俺にエロ本を読む資格を与えてくれる日なのだ。

そうだ、そう考えれば寂しくなんかない。

バスケ部仲間の遠藤から貰ったう○い棒コンポタ味の詰め合わせを抱えながら、俺は帰路につく。

「ただいまーっと」

部屋に入るなり、クソガキ三人がひっついてきた。

「勇にぃ誕生日おめでとう」

「勇にぃ誕生日おめでとう」

「勇にぃ誕生日おめでとうございます」

「うおお、お前らいたのか」

俺が戻るまでベッドの上でテレビを見ていたようだ。

「今日、勇にぃの誕生日だろ？」

言いながら眞昼は俺の背中に飛びつく。

「私たちがバースデーケーキ作ったんだぞ」

未夜が自信満々に言った。

「作ったって、お前らが!?」

「はい。あとで一緒に食べましょう」

朝華に手を引かれ、ベッドに座る。今気づいたが部屋の光景が変わっていた。

折り紙で作った輪っかを繋げた飾りや、星やハートの飾りが部屋中を彩っている。テーブルの上はお菓子で埋め尽くされ、さながらパーティーのようだ。

こいつらが俺のためにここまでしてくれるとは……

「お、お前ら……ありがとな」

「ふっふっふ、プレゼントもあるぞ」

眞昼がどや顔を見せ、三枚のカードを取り出した。切り取った厚紙に折り紙やカラーテープ、色鉛筆などでカラフルな装飾を施している。

「見ろ、『なんでもいうこときく券』だ」

　またベタな。

「なんでもとはすごいな」

「なんでもしてあげるぞ」と未夜。

「でもタダじゃあげないぞ。これは勇にぃがクイズゲームに正解したらあげるんだ」

「クイズゲーム？」

「はい、ちょっと待ってください」

　朝華（あさか）が奥の方からなぞなぞブックを持ってくる。

「はいコップ。まま、一杯どうぞ」

　ペットボトルのジュースを未夜がお酌してくれる。

「おっとっと」

「お菓子はたくさんあるけどケーキ食べられなくなるからちょっとだよ？」

　未夜はお菓子の袋を開け、広げる。

「今日だけ特別だぞ。はい、あーん」

　眞昼がポテチをつまんで差し出す。

「あむ……子供か？　俺は」

　人生初のあーん（母を除く）がクソガキとは……

なぞなぞ
ブック

嬉しいような悲しいような。

「じゃあ行きますよ。第一問――」

俺を楽しませようとクソガキたちが頑張ってくれている。

今までとは一味違う、久々に楽しいと思える誕生日になった。

クソガキとプロレスごっこ

1

「ふっふっふ」

「……行くぞ」

「来い！」

「くらえっ」

眞昼が細い腕を伸ばし、ラリアットを俺に叩き込む。

「たぁっ！」

ぺしっとへなちょこな音が鳴った。

「やったか？」

「ふんっ」

こんなもの、痛くもかゆくもないわ。俺の腹筋は眞昼を跳ね返した。

「効かんなぁ？　全っ然効かんぞ」

「くっ」

「眞昼、いったん下がれ。たいせーを立て直すんだ」

未夜に手を引かれ、眞昼はベッドの端に移動する。

「え、えい」

ベッドの外に居た朝華が反対側から俺に体当たりをくらわせる。しかし体重の軽さもあってか、これまたダメージは全くない。

「ふははは、読めておるわ」

俺は腰にくっついた朝華を抱き寄せ、毛布にくるんで捕まえる。

「うわあ、助けて」

もごもごと動く朝華を毛布ごと軽く押さえつける。眼鏡をかけているので、顔の辺りはフリーにしてやる。

「朝華を放せ」

未夜が俺に飛びかかり、その隙に眞昼が毛布を除けて朝華を救出する。

「はぁ、はぁ」

「大丈夫か、朝華」

「う、うん」

「どうした？　お前ら、この程度か？」

「勇にぃのくせに生意気な。未夜、朝華、横から挟み込め」

「おう」

「うん」

――ここは源道寺家、朝華の部屋。

キングサイズのベッドの上で行われているのは俺VSクソガキのレイド戦である。

勝敗の基準がいまいち分からないが、子供のたたかいごっこの延長のようなものだろう。

事の発端は一時間ほど前。テレビでプロレスの特集が流れていたのだが、それを目にしたクソガキたちがやってみたいと言い出したのである。

2

大画面の中で、汗にまみれた男たちが肉体をぶつけ合う。

飛び散る汗がライトの光を反射して、きらきらと輝いている。

「うわぁ、あれ、痛くないのか？」

眞昼（まひる）が言う。

ちょうど月面水爆（ムーンサルト）が決まった場面だった。

コーナーの角に立った巨漢の男が宙を反り返り、ダウンしている男の上に着地する。

プロレスは実は技を仕掛ける方も痛いんじゃないか、と思う技が多い。

エンターテインメントに特化した格闘技である以上、技の応酬と派手さが重要となる分、レスラーにかかる負担は相当のものだろう。

それでも技を避けずにきっちり受けて、観客を楽しませるのだからすごい。

その後、見ていて心配になるような大技のやりとりが続き、試合は終盤へ。

そこで——

「あ、なんだこいつ！」

未夜が大声を上げる。

黒いマスクをかぶった乱入者がリングに上がり、不意打ちのドロップキックをお見舞いした。

黒マスクのレスラーは片方のレスラーを倒すと、マイクを手に、残った一人を煽（あお）る。どうやら黒マスクは人気のあるヒールレスラーのようで観客席からはブーイングと歓声が飛び交い、会場のボルテージはマックスに。

もちろんこれはそういう演出なのだろうが、子供はこういうものをマジに捉えてしまう。

「こんなやつやっつけちまえ」

「ずるいやつだ」

「倒しちゃえー」

プロレスにすっかり引き込まれた三人はやいやい応援する。

その後、闘い合っていた二人が協力して黒マスクのヒールを倒すという少年漫画さながらの友情展開で試合は幕を閉じた。

放送が終わってからもクソガキたちのプロレス熱が冷めることはなく、実際にプロレスをやりたいと言い出すまでにそう時間はかからなかった。

そんな次第である。

＊

「もうちょっと気分が欲しいね。朝華、さっきのやつの……なんかあの黒マスクみたいなのってない？」

未夜が聞く。

「頭がすっぽり入るやつ？」

「うん」

「えーっと……ないかも……あっ、待ってて」

そう言って朝華はとことこと部屋を出ていく。

どうやら俺をさっきの放送に出てきたヒール役に仕立てあげたいらしい。そんなに都合よくプロレスのマスクなんぞないだろうに、何を持ってくる気だ？

ややあって、朝華が黒い布切れを持って戻ってきた。

「マスクはないけど、これを頭に巻けばそれっぽくなります」

渡されたのは毛糸の生地の黒い布——マフラーだ。

「上も脱げ」

眞昼が俺のシャツを引っ張る。

「わ、分かった。伸びるだろうが。引っ張んな」

そうして布面積だけはレスラーに近づいた俺は再度クソガキと闘う。

「おりゃっ」

未夜が見よう見まねのドロップキックを繰り出す。が、全然飛距離が足らずに俺に命中する前に墜落した。

「うわわ」

そこをすかさず狙う。

未夜の体に覆いかぶさり、押しつぶすマネをする。

「未夜から離れろ、このへんたい」

眞昼がぽかすか殴り始める。

「未夜ちゃん、待ってて」

朝華(あさか)が俺の背中にひっつく。俺は背中に手を伸ばして朝華のお腹(なか)を取り押さえると、そのまま体の下に引きずり込む。

「きゃ」

「お前も来い」

「うわっ」

眞昼の手を引っ張り、こいつも引きずり込んだ。三人のクソガキが俺の腕の中で暴れる。

「はっはっは、負けを認めるか？」

「認めるか！」

「離せ、へんたい」

「でも、どうやって出よう」

ふはははは。

脱出できるものなら脱出してみろ。

たまには俺の力をクソガキどもに分からせてやらねば。

3

「朝華、ただいまー……！」

久々に仕事が早く片付き、愛娘(まなむすめ)の顔を見ようと部屋のドアを開けた源道寺華吉(はなよし)は戦慄した。

「え？」

上半身裸で頭に黒い布を巻いた男がベッドの上で三人の女児を組み敷いている。

それにベッドの上は大きく乱れ、荒らされているではないか。

「あ、朝華！」

「え？」

「貴様、朝華たちを放せ！」

「ち、ちがっ」

華吉は不審者を子供たちから引き剝がし、取り押さえる。

「おお、乱入者だ」

「すげぇ、さっきの試合みたいだ」

「お父さんもプロレスやりたいんですか？」

「あ、朝華のお父さんですか？　お、俺は――」

「この変態め」

「おい、お前ら、ちゃんと説明してあげろ」

「朝華、みんな、早く逃げて。大人を呼んで、それから警察に電話をするんだ」

「違うんです、誤解なんです」

「この、暴れるな、ロリコン野郎」

「違うんだあああああ」

＊

この後めちゃくちゃ誤解は解けた。

第四章　迫りくるその時

1

車。

それは人間社会を支える要である。

一般生活における日常的な移動から、とうてい人間の足には向かない長距離移動をドアトゥドアでなんなくこなす。また人の力では運ぶことのかなわない物資の運搬にも一役買っており、まさに人間社会の要を担う存在である。

そんな車にロマンを感じる、奇特な人たちがいることを皆様は知っているだろうか。

彼らにとって車、いやクルマは、利便性や実用性だけで語るものではない。無論それらも重要なことではあるが、何よりも彼らが重要視するのは『速さ』と『楽しさ』である。

乗っていて楽しいかどうか。

他のやつよりも速いかどうか。

ほとばしるエキゾースト音、ステアリングから伝わる振動、目まぐるしく移り変わる景色。

それらに魅せられた男たちは、今日もまた風になり、そして散っていく。

＊

「あれ、パパ、今日休みなの？」

パパはリビングのソファーに腰を据え、金色に染めた髪を撫(な)でつけていた。

「おう、未空(みそら)。学校まで送っていってやろうか？」

「目立つしうるさいからいい、行ってきます」

「気をつけろよ！」

うちのパパは車を三台持っているが、私にはどれも同じに見える。違うのは色だけだ。白いのと、黒いのと、赤いの。

クラスの男子も車が好きな子が多いけれど、正直何がいいのか全く分からない。それに、パパの車ってどれもうるさいし揺れるし狭いし、乗り心地最悪なんだよね。

「うわああ、遅刻だ」

どたばたと階段の方から音がする。

おねぇが駆け下りてきた。着替え忘れたのかパジャマを着たままで、前髪は寝ぐせでとっちらかっている。

「はぁ。おねぇ、今起きたの？　おばかだねぇ」

「未空、うるさい！　お父さん、今日は送ってってぇ」

「任せろ」

「はぁ……」

相変わらずおねぇはおっちょこちょいだなぁ。

玄関で靴を履いていると、ドアガラスの向こうに人影が見え、ピンポンが鳴った。

こんな朝から誰だろう。

「未夜(みや)、先にご飯食べちゃいなさい。はーい」

ママが応対する。

そこには——

「あら、勇(ゆう)くん」

おっさんがいた。

*

梅雨の中休み。

からっと晴れた青空にギラギラ輝く太陽。朝のしっとりとした空気とまぶしい日射(ひざ)しの取り合わせは間近に迫る夏のリハーサルのようだ。

時刻は午前八時半。今日は休みを貰って朝から春山家を訪れていた。

先日、未夜の誕生会でたっちゃんからスポーツカーについての熱い講義を受けた俺は、ほんのちょっぴりだがスポーツカーに興味が出てきたのだ。

そもそもどんな車がいいのかすら分からない俺に、車選びの参考にとたっちゃんが所有する車を試乗させてくれるというので今日は朝からやってきたという次第だ。

春山家のリビングで待っていると、朝寝坊をした未夜を送りに行っていたたっちゃんが帰ってきた。

「勇、待たせたな」

たっちゃんの案内で外のガレージへ。ガレージの中には三台の車が並んでいる。

「ほら」

「たっちゃん、三つも車持ってんだな」

どれも綺麗に磨かれていてカッコいい。

「どれに乗りたい？」

「すげぇな、これ外車？」

サソリのエンブレムがついたオープンカーだ。

「広島産のイタリア車だな」

どういうことだ？

「あっ、こっちのは昔乗ったことあるよ」

「R34か。たしか、これはお前が幼稚園の頃に買ったやつだったか。時間の流れは速ぇな」

よくこれの助手席に乗っていろんなところに連れて行ってもらったっけ。懐かしい。

「これが一番カッコいいな、ガン〇ムみたいで」

白いホンダの車だ。赤いエンブレムが白いボディによく映えている。

「それはシビックだな。よし、じゃあいっちょ走りに行くか」

シビックとやらの助手席に乗り込み、俺たちは富士山へと向かった。

「欲しいクルマは決まってるか？」

「まだだよ。ただやっぱ四人乗れるってのが最低条件かな。あいつら全員と俺でちょうど四人だし。オープンカーとかはちょっとなぁ。母さんはミニバンがいいんじゃないかって言ってるけど」

夏になったら朝華も帰ってくるだろうし、その時までには車を用意しておかなくては。

「ミニバンなんかやめとけやめとけ、いいか、マニュアル設定がないクルマなんかクルマじゃねぇ。ただの箱だ」

ええ……

「予算は？」

「一応六百万くらい貯金あるけど、全額ポンとは出せないかな」

人生というものは何があるか分からないし、まとまったお金は残しておきたいので、できれば三百万前後で収めたい。

「いいか、勇。下世話な話だが、クルマってのは、金をかければかけるだけいいものが手に入る。一生に数回あるかないかの大きな買い物なんだ。妥協はしない方がいいぞ」

「うん。ちなみにこれはいくらだったの？」

「だいたい五百万とちょっとぐらいだったかな」

「そんなにするの？」

「そりゃそうだ、ホンダの魂が詰まったタイプRだぞ？」

「よく分かんない」

「それに四人乗れるしな。さて、じゃ、そろそろ」

たっちゃんは路肩のスペースにクルマを寄せる。

「交代だ。運転してみろ」

「お、おう」

俺は交代して運転席に乗り込む。

「さぁて、お前に運転できるかな」

横でたっちゃんがにやにや笑う。

「馬鹿にすんなよな。あれ、これサイドは？」

「そこのボタンだ。で、ブレーキを離しても一瞬は後ろに下がらないようになってるから、そのままアクセルを踏めばいい」

「ほー」

やがて、シビックは雄叫(おたけ)びのような音を上げながら坂道を上り始めた。

＊

太一(たいち)は驚愕(きょうがく)していた。

アウトインアウトを基本とした完璧なライン取り、シフトチェンジのタイミングにコーナーを恐れない度胸、そして何より、このクルマを運転するのが今回が初という事実。

「お、おい、勇。お前、本当にクルマ持ってなかったのか？」

「んー、配達営業だったから、毎日運転はしてたけど」

雑談に興じながらも、スピードは一切変わらず、まるで風のように富士の山肌を駆けていく。

「でもまあ、納期がギリギリだったり、無茶苦茶なクレームの対応だったりで、少しでも速く目的地に着くように努力はしてたなぁ。あはは」

「あっ」

左コーナーに差し掛かったその時、右の林から鹿が飛び出してきた。富士山スカイラインは野生動物が頻繁に飛び出してくるのだ。

「ほいよー」

外側に一瞬だけ車体を横滑りさせて衝突タイミングをずらすと、姿勢をすぐに回復し、道路を横切る鹿の後ろ側を抜けていく。

間一髪の出来事だった。

後方を見やると、鹿はそのまま向かいの林へと逃げていった。

「こんな標高が低いとこでも鹿が出るんだね」

「おい、お前今どうやって滑らせたんだ？　シビックってＦＦだぞ？」

「どうやってって言われても……感覚？」

「マジかよ」

まるでこれは……

太一の脳裏に懐かしい記憶が蘇る。

数十年前、血沸き肉躍るバトルに明け暮れていた頃の自分。負け知らずだった自分を初めて負かした、あの『富士の白狼』を彷彿とさせる、常識に囚われない走り……

クルマ自身が走る喜びを感じるような走りだった。

たっちゃん、たっちゃんとひっついて回っていたクソガキが、こんな走りを見せてくれるとは。

昔はちょっとスピードを出せば、助手席でぎゃあぎゃあ泣いて騒いでいたのに。

富士山スカイラインの中間に位置する水ヶ塚公園の駐車場に駐(と)め、休憩する。

前方に宝永山の火口を望む、広い駐車場だ。

「おい、勇」

「ん？」

「このクルマ、百万で売ってやろうか？」

「え……え!?」

「俺からの帰郷祝いだ」

「いやでも、これって五百万するんでしょ？　いいの？」

「いいんだよ。それより、乗ってて楽しかったか？」

「うん」

「ならいい。大事にしろよ」

「……たっちゃん、ありがとう」

有月(ありつき)勇はシビック Type R【FK8】を手に入れた。

2

七月に入り、東海地方は例年よりも少しだけ早い梅雨明けを迎えた。気持ちのいい青空がどこまでも広がり、雪化粧を落とした富士山が街を見下ろしている。

昨日までの鬱陶しい湿気はかき消され、爽やかな日射しが肌を照りつける。街は自然と活気づき、長い雨ですっかり沈殿した人々の心に夏の到来を予感させた。

そんな待ちに待った梅雨明けに、憂鬱な気分を抱く変わり者が二名……

*

「はぁ」

あたしはため息をついた。

「まっひー、行かないの？　混んじゃうよ？」

「ああ、うん。今行く」

「やっと泳げるねぇ。朝から楽しみだったよ」

「そうかい」

ついにこの日が来てしまったか。

もう夏休みまでずっと雨でいいのに。

あたしは嫌味なほどに元気な太陽を睨みつけると、重い足取りで更衣室へ向かった。

薄っぺらい布切れがまるで鎧のように重く感じる。

「行くよ、まっひー」

「おうよ」

あたしは意を決してプールへ向かった。

「おい、見ろよあれ」

「やべぇ」

「背中越しにふくらみが見えるってどんだけでかいんだ？」

「ママぁ」

はぁ、男子の視線が鬱陶しい。

だいたいなんで水泳の授業が男子と合同なんだよ。

おかしいだろ。

スクール水着とはいえ、男子の前で水着姿になるなんて恥ずかしいなんてもんじゃない。

地獄だ。

他の女子の陰に入って視線を遮ろうと企む。がしかし、あたしが一番背が高いため、胸の辺りがちょうど隠れず、あまり有効な策だとは言えなかった。

今あの富士山が噴火してくれたら水泳の授業は中止になるだろうか。

「どうした？　まっひー」

「いや、富士山が噴火したらどうなるかなって」

「最近の研究だと火砕流は山梨側に流れるらしいから、こっちは安心らしいよ」

「あ、そう」

「それより東海地震が怖いよねぇ」

準備運動をしてプールに飛び込む。

まあ、プールそのものは好きだからいいけど——

「うわ、浮袋みてぇ」

「たまらん」

「ママだ」

「あんなんで泳げんのか？」

ああもう、聞こえてんだよ。

「よーし、今日はクロールの記録を取るぞ。クラス別に並べ」

プールサイドに上がり、順番を待つ。

「次、龍石（りゅうしゃく）」

その日はイライラも手伝い、去年の記録を大幅に更新した。

*

「うぅ、プールかぁ」

「春山（はるやま）さん、今年こそは25メートル泳げるように頑張ってね」

先生が言う。

「はい」

プールで遊ぶことは好きだが、水泳の授業となると話は大きく変わる。というのも、私は泳げないのである。

特に難しいのが息継ぎだ。

水中で息を吐いて水面から顔を出した瞬間に吸う、という理屈は分かるのだが、どうも上手（うま）くいかない。

そもそも人間は陸上で生活をする生き物なんだから、泳ぐ技術なんか必要ないもん。

「それじゃあ次、春山さん」

「は、はい」

ピッと先生が笛を吹き、私はプールに飛び込んだ。

「わぷ、わぷ」

必死にバタ足をして手を動かすが、一向に前に進む気配がない。

「春山さん今年も溺れてるぜ」

「可愛ぃなぁ」

「俺が手取り足取り教えてあげたい」

「龍石ほどじゃないけど春山もデケェなおい」

「ぷはぁ」

結局息が続かず、十メートルのところで立ち止まってしまった。うわぁ、みんなが見てるよ、恥ずかしい。

「春山さん、途中で足がついてもいいから最後まで泳ぎ切って」

「は、はーい」

その後何度も途中で足をつきながら、25メートル泳ぎ——歩き（?）——切った。

「はぁ、ふう」

でも、これじゃあまた補習だよ。

＊

——勇にぃの部屋。

今日はあたしも未夜も部活が休みなので一緒に帰った。当然、向かう先は我が家ではなく〈ムーンナイトテラス〉だ。

「はぁ」

「はぁ」

「なんだよ、二人して溜め息なんかついて」

勇にぃはこちらの気も知らずにいつものぽけーっとした顔をしていた。

あたしはベッドに寝転んで、

「いや、別に……あー、ほら、夏休み前に期末テストがあるからさ」

「そうそう、気にしないで」

「辛気臭ぇな……そうだ、気晴らしにドライブでも行くか？」

うきうきした顔で勇にぃは車の鍵を手に取る。

「そういえば、勇にぃ、車買ったんだって？」

たしか未夜の親父さんの車を格安で譲ってもらったって言ってたっけ。たぶん自分が乗りたいだけだな、うん。

「うちのお父さんがあげたんだって」

「ちゃんと買ったんだよ。ほれほれ、早く準備しろお前ら」

勇にぃに急かされ、あたしたちは外へ出る。

店の向かいの駐車場の奥にあるガレージの中に二台の車が収まっていた。年季の入ったトヨタの車がおじさんのもので、もう片方のホンダ車が勇にぃの車らしい。

「ほー、カッコいいじゃん」

なんだかごてごてしていて、いかにも男の子が好きそうなデザインの車だ。

「だろ？」

「そんじゃ、失礼して」

あたしが助手席のドアを開けようとすると、

「ちょっと待ったぁ」

未夜が叫んだ。

「あんだよ」

「私も助手席がいい」

「早いもん勝ちだっつうの」

「お前らつまんねぇことで揉めんなって。帰りは未夜が助手席に乗ればいいだろ」

「うぅ、仕方ない、それで手を打つよ」

勇にぃが車を走らせる。その横顔は、子供のように無邪気だ。

バイパスに入り、139号線を北西に進む。この時間帯は会社から帰宅する人が多いためけっこう混んでいるが、市街地から遠ざかるにつれてだんだんと車は少なくなっていった。

西の空にお日様が佇み、夕焼けを受けて富士山は真っ赤に染まっている。

「勇にぃ、どこまで行くの？」

後ろから未夜が尋ねる。

「そうだな、本栖の辺りまで行ってみるか」

そしてあたしたちを乗せた車は爆進していく。

＊

「うおー、広いなー」

眞昼が感嘆の声を上げる。

視界いっぱいに広がる本栖湖。黄色い潜水艦のような船が左手の岸辺に浮かび、広大な湖面はその全貌が一望できないほど広い。湖を挟んで正面の岸辺は大きな山があり、まるで巨人が寝そべっているかのようだ。

「あれって鷹かな？」

私は空を見上げて言う。大きな鳥が翼を広げて茜色の空を駆けていくのが見えたのだ。

「いや、トンビじゃねぇか？」と勇にぃ。

「カーカー鳴いてるからカラスだろ。それより」

眞昼はいつの間にか靴と靴下を脱いでいた。浅瀬に足を踏み入れ、ぱちゃぱちゃとその場で足踏みをする。

「うひゃー、冷たい」

眞昼はいいなぁ。昔と性格が変わってないし奔放で明るいキャラだから、あんなふうに子供っぽいことをしても自然な感じなんだもん。

私なんか、そういうふうにしたくても「子供みたいだな」って勇にぃに呆れられないか心配で、なかなかできないでいるのに。

でも、大人同士の距離感のままだとなんだか寂しい私もいたりして……

「よし、俺たちも行くぞ、未夜」

「ふぇ？」

気づけば勇にぃも裸足になっていた。

「うおー、冷てぇ。でも気持ちいい」

「未夜も来いよ」

昔のようにはしゃぐ二人を見て、私は気づく。

私、眞昼、朝華、勇にぃ。この四人の関係の中で遠慮なんてものは必要ないのかもしれない。そりゃ、ちょっと気取ってみたりすることもあるけれど、素の私をそのままぶつけても、きっと勇にぃは受け入れてくれる。

「しょうがないなぁ」

私も裸足になる。本当はうずうずしていたのだ。二人の下へ駆け出す――

「――わわっ」

水に足を浸(つ)けた瞬間、砂に足を取られて私は水面に正面からダイブする形になってしまった。ずぶ濡(ぬ)れになることを覚悟したが、すぐに眞昼と勇にぃが手を差し伸べて体を支えてくれたので、間一髪のところで濡れずに済んだ。

「はぁ、助かった。ありがとう二人とも」

「相変わらず未夜はおっちょこちょいだな」

眞昼が笑う。

「お前は昔から変わらんな」と勇にぃ。

「むう」

二人の中の私の位置(イメージ)づけっていったい……

3

雲一つない星月夜。

寮の個室の窓から空を見上げると、満天の星が輝いていた。梅雨も明け、夏がすぐそこまで近づいてきている。

あの人と初めて出会ったのも夏の始め頃だった。

未夜ちゃんに連れられて、眞昼ちゃんと一緒に〈ムーンナイトテラス〉に足を運んだっけ。最初はなんだか怖かったけれど、兄ができたような気がしてとても新鮮だった。

今になって思い返せば、高校三年生の忙しい時期にほとんど毎日私たちの相手をしていたのだから、勇にぃも大変だっただろう。

時にはシャレにならないことをしでかして、迷惑をかけたこともあった。

それでも勇にぃは私たちを突き放したりはせず、ぶっきらぼうながらも優しく接してくれた。

「……勇にぃ」

その時、ドアをノックする音が静寂に響いた。出てみると、学友の天竜寺さんだった。

「源道寺さん。みんなでお茶するんだけど、源道寺さんもどう？」

「……行きます」

ラウンジに集まり、夜のお茶会を学友たちと楽しむ。美味しいお茶と学友との談笑で過ごす静かな夜の時間は、きっととても充実していることだろう。本来であれば、充実していなければいけないはずなのに。

思い出を美しく感じれば感じるほど、現実が色あせて見えるようになった。

つまらないわけではないけれど、あの頃と比較してしまうと全てが意味のないことのように思える。

もう二度と体験できない子供時代。

当時は早く大人になりたいと願ったくせに、もう戻れないと気づいてからあの頃の面影を追い求めるなんて。

神様は残酷だ。

どうして人生で一番楽しい時期を、人生の最初に持ってきてしまうの？

これではまるで呪いではないか。

私はきっと、これからの長い人生を思い出に囚われながら生きていくのだろう。

「それでさぁ、時之宮さんがコーラを飲んだことないっていうから飲ませたわけ。そしたら顔真っ赤にしちゃって」

「そうなんですか」

「もう大変だったよ。人は集まってくるわ、時之宮さんは涙目でおかわりを要求するわで」

「楽しそうですね」

「楽しいは楽しいけどさ――」

やがて消灯時間が近づき、場は解散となった。自室に戻ると備え付けのバスルームで汗を流し、ぬるま湯に浸かる。一時間ほどの入浴を終え、コーヒー味の豆乳を飲んでいると、スマホが鳴った。画面には父の名が表示されている。

「はい」

「朝華かい？」

「お父さん、こんばんは」

「調子はどうだ」

「いつも通りです」

父は今年の頭から日本を発ち、長期の海外出張に出ていた。あまり興味を惹かれない話題なので詳しくは知らないが、ベトナム支社の工場移転についての打ち合わせやら、新設する工場の視察やらで忙しかったらしい。

「……そうか。それより聞いたぞ、勇くんが帰ってきたそうじゃないか」

「っ！　そうみたいですね」

父と勇にぃは趣味が合うようで、十年前も仲がよさそうにしていた。思い出を手繰る。たしか、二人の出会いは……そう、プロレスごっこをしていて――

「教えてくれればいいのに。十年ぶりか、いやはや懐かしい。朝華はもう会ったか？」

「いいえ」

「うん、そうなのか？　意外だが……ならちょうどいいな」

「何がですか？」

帰国したのは一週間ほど前だというから、その時に勇にぃの帰省についても知ったのだろう。

「いや、その、なんだ。今度三人で食事でもどうかと思ってな。今週の土日辺りで休みが取れそうなんだ。だから週末はこっちに帰っておいで。積もる話もあるだろうし、朝華はずっと勇くんに会いたがってい――」

「……けっこうです」

私は父の言葉を遮って言った。

「え？」

「進学に向けて、この時期はいろいろと忙しいので」

「進学って、もう内部進学で行くことは決めたんだろう？　朝華のこれまでの成績なら、あとは出席日数を確保すれば推薦は余裕じゃないか」

「とにかくいいんです。それより週末は湘南の別荘を使わせてください」

「え？　富士宮には？」

「帰る予定はありません。夏休みも湘南で過ごしますので」

「ちょ、朝華――」

「失礼します」

私は通話を切り、スマホをベッドにぽんと投げた。

頭の中に勇にぃの顔が浮かぶ。

大好きな笑顔。

「勇にぃ……」

どうして十年も私を放っておいたの？

あなたがそばにいてくれたなら、私はきっと今も楽しく生きて行けたかもしれないのに。

この十年、私はずっとあなたを想い続けてきたのに……

再びスマホが鳴った。

画面には『龍石(りゅうしゃく) 眞昼』とある。

「……はい」

「もしもし？ 朝華？」

「眞昼ちゃん？ どうしたの？」

快活な声が聞こえた。

「いやぁ、久々に朝華と話したくなってさ」

十年前から私たち三人のまとめ役だった眞昼ちゃん。年齢は同じだけれど、私たちを引っ張る姉のような存在。

「未夜（みや）の誕生日に来てくれたんだって？　あたしも会いたかったよ」

「……ごめんね。次の日は学校があったから」

「しょうがないって。あ、そうだ、勇にぃも会いたがってたよ」

「！」

胸の奥に突き刺すような痛みが走った。

「また夏休みになったらさ、朝華も帰ってくるだろ？　みんなで集まろうよ。そうそう、勇にぃ車買ったんだよ。それでさぁ――」

楽しそうに語る眞昼（まひる）ちゃんに対して、私は曖昧な相槌（あいづち）を打つことしかできなかった。

夏休み。

あの人と私たちの関係が始まった夏。

夏が、来る。

＊

切られてしまった。

華吉（はなよし）はスマホの画面を見つめながら、今の娘の言動の真意を探る。

朝華（あさか）も本心では会いたいに決まっている。この十年の間で寂しそうにしている朝華を何度も見てきたのだから。

それなのに、まるで取り付く島もない今の態度はいったい……

「……！」

そうか、きっと恥ずかしいのか。

十年前は「勇にぃ、勇にぃ」とまるで本当の兄のように慕っていた相手だ。十年経って心身ともに成長した今となっては、気恥ずかしくなるのは全くおかしなことではない。

子供とその保護者という関係から、男と女になったのだから。

そうか、そういうことか。

会いたいくせに興味のないふりをするなんて、朝華もいよいよ乙女心が備わってきたか。

親のひいき目を抜きにしても今の朝華は日本で一番可愛い美少女女子高生と言っても過言ではない。

それなのに今までボーイフレンドができたという報告一つないのは、きっと今もなお彼のことを想っているのだろう。

それなのにあんな態度を取るなんて、やれやれ、これだから思春期は素直じゃなくて困る。

自分にもあんな時があったな、と華吉は青春時代の思い出を振り返る。

好きな女の子にわざといじわるをしたり、気のないふりをして距離を取ってみたり、そんな子供じみた無意味な行為も大事な思い出の一ページだ。

仕方ない。ここはひとつ、父親として娘のために一肌脱いであげるとしよう。

「ふっふっふ」

こうして源道寺華吉は盛大な勘違いをした。

4

夏休みを楽しみに待つ学生たちの前に立ちふさがる最後の障壁、期末テスト。

例によって例のごとく、私と眞昼は〈ムーンナイトテラス〉にてテスト勉強に励むことにした。

名前当てゲームは終了したので、勇にぃの部屋に上がることもできたのだが、あの部屋にはエアコンがないので断念した。

これを乗り切れば楽しい夏休みが待っていると思えば、頑張れる。

まあ、実際には進路の準備で遊び放題というわけにはいかないのだろうけど。

それでも今年の夏は勇にぃがいる。

あの頃みたいに、また四人でいっぱい遊べるんだ。

そして テスト前最後の土曜日。

「あれ？　そういえば勇にぃは？」

店内に勇にぃの姿がない。私たちが入店した時からいないから、最初は休憩を取っているものと思っていたのだが、どうやら違うようだ。

「おばさん、勇にぃは？」

「勇はね、今日明日はお休みよ」

「出かけてるの？」

眞昼が聞く。

「朝華ちゃんに会いに、湘南まで行くんだって」

「へぇ」

「ふーん、朝華だとわざわざ県外まで会いに行くんだ」

私の時は三か月くらい放置だったのに。

「未夜、嫉妬が漏れてるぞ」

「嫉妬じゃないもん。純粋な疑問だもーん。ま、それはそれとして、朝華びっくりするだろうなぁ」

私の誕生会に足を運んでくれた朝華だったが、その時は勇にぃと顔を合わせる前に帰ってしまった。

勇にぃも会いたがっていたし、きっと朝華も会いたがっていたことだろう。

十年前は朝華が一番べったりだったっけ。

私と眞昼が勇にぃを振り回す一方で、朝華は勇にぃの後ろをちょこちょこついて回るような感じだったのを憶(おぼ)えている。

「一昨日源道寺(げんどうじ)さんから連絡があってね。週末に朝華ちゃんが湘南の別荘に泊まるからそこに勇をサプライズで連れていけないかって」

「なるほど」

「ちょうど勇は太一(たいち)くんから車を買ったばかりだし、いろいろ都合がいいわねって話をしたのよ」

「『湘南の稲妻』は元気だろうか」とおじさんが呟(つぶや)いたが、意味がよく分からないので誰も反応はしなかった。

「だから二人も朝華ちゃんには秘密にしといてね」

「分かりました」

「分かったよ」

なるほど、いきなり勇にぃが訪ねてきたら朝華も驚いて喜ぶだろうな。

「朝華びっくりするだろうね。お別れの日はめちゃめちゃ泣いてたし」

「未夜も泣いてたけどな」

「ま、眞昼だって泣いてたじゃん」

「あたしは泣いてない」

「泣いてた」

「あれは汗だ。あたしは目から汗が出るんだ」

「何その化け物!?」

十年ぶりに勇にぃに会ったら――それもサプライズで――朝華はどんな反応をするだろうか。

だいたいの想像はつくけど、きっと大泣きするだろうなぁ。

早く四人で集まりたい。

そのためにも、まずはこのテストを乗り切らなくては。

「おじさーん、アイスコーヒーおかわり」

「あたしはコーラフロート」

その日はくたくたになるまで勉強した。

＊

別荘の窓辺に佇(たたず)み、海を眺める。

気持ちのいい快晴。

潮風に髪が煽（あお）られる。

こんな美しい景色を前にしても、私の心は深い海に沈む心地だった。

ふと考えるのは、死んだらどうなるのか、ということ。不可逆の世界だからこそ、死後の世界は死んでみないと分からない。

全くの別人に生まれ変わるのか、それとも死んだら何もない無の世界なのか、同じ人生を繰り返したり、人間以外の生き物に生まれ変わるという説もある。

人の想像の数だけ解釈はあるのだ。

死に救いを求める人々を、私は今まで理解ができなかったが、最近になって彼らの気持ちが分かるような気がしてきた。

もし、同じ人生を繰り返すのなら……

私はまた源道寺朝華として生まれて、小学校一年の夏に勇（ゆう）にぃに会える。そう考えれば、なんだか勇気が湧いてくるような気がする。

そうだ、何回も同じ人生を無限に繰り返すのなら、私は無限に勇にぃに会えるではないか。

あの輝かしい思い出を無限に……

「勇にぃ……」

写真立てを手に取る。四人で写した写真を見つめていると、不意に涙が溢れてきた。

私はまた会えるだろうか。

*

東名高速道路を走る一台のシビック。

雲一つない青空の下、富士山ナンバーのシビックは一気呵成に駆け抜けていく。

「ほいよー」

車の流れを読み、適切な車線変更を繰り返しながら混雑を避ける。特に要注意なのが追い越しをふさぐトラックだ。やつらがちょうど左右の車線を埋めてしまうと、大幅なロスとなってしまう。

また、覆面パトカーにも気を付けなくてはならない。やたら遅いスズキのセダンには特に注意を払わねば。

ブラック企業時代に培った二車線の道路を最速で走破する走法と勘で予定よりも早く到着できそうだ。

途中、紺色のクーペに絡まれたが、いつの間にかいなくなっていた。追い越された記憶がないので、きっとどこかのＩＣで降りたのだろう。

「そろそろか」

時刻はもうすぐ正午になろうとしている。俺はステアリングを切り、秦野(はだの)中井ＩＣで高速から降りる。

市街地へ入り、近くのコンビニに駐(と)めた。少し休憩しよう。

「うーん」

車から降り、ぐぐっと体を伸ばすと、いたるところからバキバキと音が鳴った。

「ぐおお、凝ってんなー」

今日は朝からずっと車を走らせていたから背中から腰のあたりがひどく疲れた。

久々に長時間の運転をしたな。

なんだかブラック企業で働いていた頃を思い出し、俺はしゅんとした。

あの頃は朝から晩まで配達の毎日。帰って趣味に没頭する時間もなければ、そんなことに使う気力もなかった。

食って寝て働いて、食って寝て働いての繰り返し……

終わりの見えない地獄の中で、感覚も次第に鈍っていき、ただ毎日のノルマを達成するために全力を尽くす日々。

いかに叱られないか、ストレスを溜(た)めないか、というところに意識が集中してしまっていた。

クソガキたちとの思い出を糧に頑張ってはきたものの、結局体を壊し、自分の人生を見つめなおす時間を得たことで、ようやく退職するという選択肢が視界に入ってきた。

辛（つら）いことを耐え忍ぶことがやりがいだと勘違いしていた自分は、本当にバカだったなぁ。

本当に、もっと早く辞めればよかった。

……いやいや、これから朝華（あさか）と会うっていうのに何を暗いことを考えているんだ。

「ん？」

マナーモードになっているスマホが着信を伝えているのに気づいた。

「はい、もしもし」

「勇くんかい？」

「あ、どうもどうも」

華吉（はなよし）さんだ。

「そろそろ着きそうかい？」

「ええ、あと二十分ほどですかね」

「朝華はもう到着しているから、そのまま直接向かってくれ。私も夕方頃に向かう予定だ」

「分かりました」

「朝華はな、絶世の美少女に成長しているから、腰を抜かすんじゃないぞ」

「ははは」

親バカだなぁ。

「それじゃ、また後ほど」

「はい」

朝華にサプライズを仕掛けないか、と華吉さんから相談があったのは、一昨日のことだった。

神奈川の私立女子高に通っている朝華は静岡に帰る機会がなかなかないようで、たしかに俺が帰省してからの三か月弱、未夜の誕生日以外に帰ってきた様子はなかった。

向こうが帰ってこられないのなら、こっちから会いに行って驚かせてやろう、といういわばドッキリのようなはからいだった。

ちょうど今週の土日、朝華は湘南にある源道寺家の別荘で過ごす予定らしく、そこに俺がサプライズで登場して驚かせてやるのだ。

「くっくっく」

さて、朝華はどんなふうに成長しているだろうか。

未夜のようにガラッと雰囲気が変わったのか、それとも眞昼のようにクソガキ時代のまんまなのか……。

まさか、朝華に限ってギャルやヤンキーになっていることはないと思うが、いやいや幼い頃おとなしかった子ほど成長して派手になるという話も聞く。

期待と不安で胸が膨らむ。

コンビニ弁当で昼食を済ませ、カーナビの案内に従って再び車を走らせる。

華吉さんに聞いた住所まであと少しだ。

そういえば、神奈川県に来るのは今回が初めてだ。高校生までは静岡、社会人になってからは東京を生活拠点にしていたが、その間に挟まる神奈川を訪れたことは一度もなかったっけ。

移動する際も通過するだけだったし、朝華と再会したら一緒に観光でもしようかな。

窓を開けると潮の香りが入り込んできた。

「いい青だ」

海を横目に、海岸沿いの道を走る。

夏だなぁ。

窓から差し込む日射し(ひざし)は強烈で、片腕だけ日焼けしてしまいそうだ。

もう海開きが始まったのか、砂浜にはぽつぽつと人影が見えた。赤白のパラソルに水着姿の女の子。

ああ、俺もいつかあんなスタイルのいいボンキュッボンの女の子と海に行けたら……

浜辺の景色を名残惜しく思いながら、俺は林の方へ折れる。

『まもなく、左方向です。その先、カーブです』

景色は海から山に一転する。

木漏れ日の落ちる細い道。峠道のようなつづら折りをしばらくだらだらと上る。

源道寺（げんどうじ）家の別荘は小高い土地の中腹に建っているという。付近を林で囲まれ、その脇にはプライベートビーチが併設されているそうだ。

『まもなく、目的地です』

カーナビが無機質な音声で告げる。

やがて両脇の林が途切れて開けた場所に出た。

ペンション風の二階建ての建物。その横に大きなガレージがあり、高級そうなセダンが一台に軽トラが一台駐まっていた。その横にシビックを並べる。

周囲を木に囲まれ、蟬（せみ）の声が四方から聞こえてくる。それに交じって、波のさざめきがかすかに耳に届いた。

ゆっくりと玄関まで歩き、俺はドアベルに指を向けた。

＊

「？」

映画を見ていると、やかましいエンジン音が外から聞こえた。

ややあって、インターホンが鳴る。

窓から外を覗(のぞ)くと、見慣れない白い車がガレージの中に駐まっているのが見えた。

誰だろう。

父だろうか。

でも父ならわざわざ呼び鈴なんて鳴らさないだろう。

お手伝いさんたちは買い出しに行くと言ってたから、私が応対するしかない。

客人でも呼んだのかな。でもそんな話は聞いていない。

今日明日は誰にも邪魔されずに一人で過ごしたかったのだけれど。

「はーい」

靴を履き、外へ出る。

そこには——

「よっ」

「あっ……」

勇にぃがいた。

『クソガキ』との思い出……♥……その4

クソガキは憧れる

1

「それじゃあ、大きくなったらなりたいものは明日までの宿題にします。みんな、しっかり考えてきてね」

授業の締めくくりとして、担任の先生はプリントを配った。『将来の夢』と大きく印字され、その横になりたいものと理由を書く欄がある。

いわゆる将来について考える学習である。

当然ながら小学校低学年を対象にしているため、進路希望調査のような仰々しいものではない。憧れや目標を言葉で表し、向き合ってもらうことで子供たちの学習意欲や向上心を高めさせることが目的となる。

「俺、新幹線になる」

「俺はプロ野球選手」

「花屋さんになりたいなぁ」

「私はプ○キュア」

休み時間、子供たちの話題は将来の夢一色となった。

「眞昼と朝華はもう決めた？」

未夜が机に腰かけて聞く。

「あたしはナースになりたいな。制服が可愛いもん。未夜も前はナースだったろ？」

「ちっちっち、それは幼稚園の話」

未夜は人差し指を小さく振って、

「時代はケーキ屋さんだよ」

「ケーキ屋さん？」

「ケーキ屋さん？」

未夜はドヤ顔で続ける。

「いい？　ケーキ屋さんになれば、毎日ケーキが食べ放題なんだよ。この前おばさんと一緒にケーキ作ったから、もう作り方も分かるし」

「なるほど」

眞昼は顎に手を当てる。

「毎日ケーキか。それもいいな。朝華は？」

「私？　私は……まだ決めてないや」

朝華は白紙のプリントに目を落とす。

「朝華も一緒にケーキ屋さんやろう」

「うーん、ケーキかぁ」

「ナースはどうだ？」

「ナースかぁ」

ケーキ屋さんやナースになった自分を思い浮かべてみる。毎日ケーキ食べ放題は魅力的だし、ナース服はとても可愛い。

「うーん」

しかしながら、いまいち心にピンとこない朝華であった。

放課後、三人は例によって例のごとく、〈ムーンナイトテラス〉を訪れた。

「将来の夢？」

「おばさんの将来の夢は何だったの？」

未夜が三人を代表して聞いた。

「宿題で考えなきゃいけないんです」と朝華が付け足す。

さやかは悩ましげに眉根を寄せ、考えるそぶりを見せる。

「そうねぇ、おばさんはバレーボールの選手だったかな」

「バレーボール？」と眞昼。

「そうそう、おばさん、高校の時にバレーやってたのよ。みんなはやったことある？」

「ない」

「ないな」

「ないです」

「面白いわよ、バレー。今じゃ腰が痛くて無理だけど……」

「おじさんは？」

話を振られ、カウンターの奥にいた俊（しゅん）は一言、

「……日本一速い男に、なりたかった」

「は？」

「どういうこと？」

「陸上選手ですか？」

「……あの人の言うことはあんまり参考にしない方がいいわね」

「勇（ゆう）にぃいますか？」

朝華（あさか）はそろりと聞く。

「勇？　勇はちょっと出かけてるの」

「どこ行ったんだ？」

眞昼がさやかに飛びつく。

「ちょっと遠くにね。でも夜には帰ってくるわ」

「何しに行ったんだ？」

「今のみんなと同じ理由よ。将来のために、ね」

「？」

「？」

「？」

三人は一様に首をかしげる。

「ところで勇にぃの子供の頃の夢は何だったの？」

未夜に聞かれ、さやかは遠い過去を懐かしむように目を細めた。

「たしかあの子は……そう、子供の頃はピーターパンになりたいって言ってたなぁ」

2

「うりうり」

縁側に腰かけた未夜は膝の上で茶トラの仔猫をじゃらしていた。先日、有月が下校途中に拾った猫である。

「可愛いねぇ」

朝華が横から覗き込む。

「ひっかかれないか？」

眞昼は心配そうにその様子を見守っていた。

「よかったねぇ、メグミ。お姉ちゃんたちが遊びに来てくれて」

仔猫の引き取りを買って出たのは有月の同級生の下村光(しもむらひかり)である。黒髪と健康的に焼けた肌が特徴的なスレンダー美少女は、縁側に並んだクソガキたちの後ろに正座で座り込む。

「メグミって名前にしたの？」

未夜が光を振り返る。

「そう、愛に恵まれますようにって意味を込めてね」

「人間みたいな名前だな」と眞昼。

「だってこの子も家族の一員だもん。ちゃんと意味のある名前をつけてあげなきゃ」

メグミは未夜の膝から降りると、眞昼の膝の上に飛び乗って「にゃあ」と鳴く。

「可愛いなぁ」

眞昼は愛(いと)おしそうにメグミを撫(な)でる。

「可愛いでしょ」

「……って、猫と遊ぶために来たんじゃなーい」

クソガキたちは本題に入る。

「光さんは子供の頃は何になりたかったんですか？」

「子供の頃の夢？」

「宿題なんです」

朝華がプリントを見せる。

「将来の夢……あー、よくあるやつね」

「朝華がまだ決まってないから、参考にするためにいろんな人に聞いてるんだ。ちなみに私はケーキ屋さん」

「お、いいね！」

「知ってる？　ケーキ屋さんになれば毎日ケーキが食べ放題なんだよ」

自信満々に未夜は胸を張る。

「へ、へぇ。す、すごいなー。眞昼ちゃんは？」

「あたしはナースだ。服が可愛いからな」

「あ、それは分かるかも。なーるほど。大きくなったら何になりたかった……か。そうだなぁ、私は花嫁さんに憧れたなぁ」

「花嫁さんですか？」

「そう、みんなと同じくらい小っちゃい頃にね、親戚のお姉さんの結婚式に出たんだけど、ウェディングドレスを着てるお姉さんがすごく綺麗(きれい)で、私も大きくなったら花嫁さんになりたいって、思ったの」

「ウェディングドレス……」

朝華は純白のドレスを着た自分を想像してみた。

悪くない。いやむしろいい。

そして、ウェディングドレス姿の自分の横には白いタキシードを着た……

「やっぱり女の子の憧れといったら、花嫁さんだよ」

「花嫁さん、いいかもです」

「花嫁にはどうやったらなれるんだ？」

眞昼が尋ねる。

「え？ そりゃ、好きな男の人と結婚すればなれると思うけど。ま、君たちにはまだ早い話かな。女の子は十六歳にならなくちゃ結婚はできないから」

「十六歳……」

今の朝華はまだ六歳。十年もある。今年の十二月で七歳になるけれど、それでもまだ目標の半分にも到達しない。

今までの人生の倍以上なのだから、道のりはかなり遠い。

「うー、早く大人になりたいです」

子供時代なんてすぐ終わっちゃえばいいのに、と朝華は心の中で叫んだ。

＊

その日の夜。

「お母さんは、子供の頃に何になりたかった？」

母の膝の上に座り、朝華は聞いた。

「子供の頃？」

「うん」

「そうねぇ」

母の手が朝華の頭を優しく撫でる。

「なりたいものは特になかった、かな？」

「えっ、そうなの？」

「うん。でも夢はあったよ」

「何？」

「家族が欲しかった」

「……家族。じゃあ、叶(かな)ってるね」

「ふふ、そうだね」

母——源道寺愛華(げんどうじあいか)は朝華を抱きしめる。

「お義父(とう)さんがいて、旦那さんがいて、お姉ちゃんたちはもう自立しちゃったけど——朝華がいる」

「お母さん、幸せ？」

「うん、幸せよ」

「私も幸せ」

朝華は、お母さんが大好きだった。

クソガキは嬉(うれ)しい

1

——土曜日。

長い上り坂を上り切り、背後を振り返ると荘厳な富士の山とそのふもとに広がる我が街が望めた。秋に入り、富士山は雪化粧をし始めたようで、頂上付近が白く染まっていた。

秋風が心地いい。

俺はしばらくその展望を楽しむと、踵(きびす)を返して源道寺家に向かった。

「勇(ゆう)にぃ、いらっしゃい」

「おう朝華(あさか)、お邪魔します」

「えへへ」

朝華が腕にまとわりついてくる。長い髪がくすぐったい。

今日は朝華に誘われ遊びに来た。未夜と眞昼はそれぞれ用事があるようで、客人は俺一人だ。

今日の朝華はタイトなミニワンピース姿だ。足が出てしまっているが、寒くないのか？

「おい、朝華、歩きにくいって」

朝華の部屋に落ち着く。

「ゲームしましょう」

「分かった分かった」

テレビの前で朝華が準備を始める。

「朝華、お客さんかな？」

戸口から男が顔を出す。

「あっ」

「あっ」

寝ぼけ眼の男と視線が合った。その瞬間、ぎこちない空気が流れる。

「お、お邪魔してます」

「ああ、君か」

朝華の父、源道寺華吉だった。

2

朝華は嬉しかった。

今日は朝から有月が遊びに来てくれて、なおかつ父も仕事が休みで家にいてくれる。

大好きな二人が一緒で、朝華はとっても嬉しかった。

「お父さんも一緒にやりましょう」

「……ああ、いいとも」

愛娘に誘われてしまっては、断ることのできないのが父というもの。華吉はぎこちない空咳をしてからおずおずと部屋に入る。

二人の男は朝華を挟んで座る。バトルロイヤル形式の三人対戦が始まった。

「えい、えい。あ、ああー」

満足そうな朝華とは対照的に、彼らの間に流れる空気はひどく重い。

「……」

「……」

気まずい。

それは二人の男が同時に感じているものだった。

「えい、えい」

二人の関係はいわば知り合いの知り合いのようなものである。初対面ではないものの、これといって交流があるわけではない。しかしながら、朝華という両者が密接に関わっている人間がその場にいる以上、相手をないがしろにするわけにもいかないのだ。

絶妙に気まずい距離感といえよう。

先日の女児暴行未遂事件(プロレスごっこ)の冤罪(えんざい)は晴れ、一応の和解はしたものの、ファーストコンタクトがあれでは互いに苦手意識を持ってしまうのは必然であった。

「あっ、負けちゃいました」

朝華の残機がなくなり、勝負は有月VS華吉のタイマンに移行する。

「……」

「二人ともがんばれー」

それは地獄であった。

「……」

「……」

互いが互いに遠慮をし、キャラの攻撃は空を切るばかり。

ＣＰＵですらもっといい試合をする。

結局、時間切れのドローと相成った。

「勇にぃ、今日は調子悪いですね」

「そうだな」

「お父さん、勇にぃはいつもならもっと強いんですよ」

「ははは、そうかい」

会話は主に朝華を中継して行われる。

朝華にしてみれば、どちらも大切な存在なのだから変な気を遣う必要などない。そんな子供の無邪気さが羨ましく思えた二人であった。

「ちょっと、私、トイレ行ってきますね」

「！」

「！」

ここで中継地点が陥落する。

朝華が退室し、二人はその場に取り残される。

「……」

「……」

まるで空気に鉛を溶かし込んだような、重たい空間だった。

話題を探そうとするも、二人の年齢差は父と子ほどもある。

他人同士ならまだいい。無視をしようがされようが他人だと割り切れる。しかし、ああしかし、二人は面識を持ってしまっているのだ。

「……」

「……」

会話のない時間ほど気まずいものはない。

二人は朝華の帰還を切に願った。

早く、一刻も早くこの地獄から救出してくれ、と二人の気持ちはシンクロした。

朝華が退室してから一分が経過したが、二人にとっては一時間にも等しい長さだった。

その時、華吉の携帯が鳴った。昔懐かしいアニソンの着メロだ。

「……！」

「――失礼。なんだ、メールか」

電話だったらそれを理由にこの場を離れることができたのに、と華吉は思った。

「……」

「……あの」

「何か？」

「お好きなんですか？」

＊

「お待たせしました」

戻ってきた朝華の目に飛び込んできたのは、仲睦(なかむつ)まじく語り合う有月と華吉の姿だった。

「やっぱりね、あのオープニング曲は連邦のプロパガンダだと考えるのが、一番しっくり来ると私は思うのだよ」

「ああ、分かります。作品の内容と全然違いますよね。正義ってどこがだよ、って思いますもん。だけど、ジ○ンが完全な正義かと言われるとそこはまた話は変わりますが」

「虐殺行為は擁護できないからねぇ。ちなみに、勇くんの好きなモビ○スーツは？」

「一番っていうと、やっぱりグ○・カスタムですかね」

「理解(わか)ってるねぇ」

「泥臭いのが好きなんですよ。華吉さんは？」

「私はZガン○ムだね」

「王道ですね」

「それにしても若いのにガン○ム好きとは珍しい。しかも宇宙世紀派とは」

「父の影響で、小っちゃい頃から好きなんですよ」

「それなら、あとで私のコレクションも見せてあげよう」

「本当ですか？」

「勇にぃ、お父さん」

「おお、朝華、戻ってきたかい」

「どんなお話をしてたんですか？」

「どうやったら人はわかりあえるのかっていうお話さ」

「はい？」

よく分からないけれど、二人が仲良くしていて朝華は嬉しかった。

「続きをしましょう」

「ああ」

「おう」

先ほどとは打って変わって和やかなムードである。

こんな日がずっと続いていくのだと思うと、朝華はとっても嬉しかった。

最終章　朝を追いかけて

1

——まるで、人形が出てきたかのような錯覚に陥った。

背中まで伸ばした艶のある黒髪。雪のように白い肌にほんのり赤みが差した頰。豊満な胸のふくらみを強調するかのようなタイトな白いワンピース。身長は俺の頭一つ分ほど低い。

薄幸の美少女といった雰囲気の彼女だが、あの甘えん坊の面影はたしかにある。

「よっ」

眼鏡の奥に覗く大きな瞳は驚きと困惑で揺れ動き、「あっ……」と開いた口は閉じる気配がない。

ふっふっふ、どうやらサプライズは成功したようだ。

なるほど、華吉さんが親バカを発動するだけのことはある。あのクソガキがこんな和風美少女に成長するとは。

朝華との思い出が走馬灯のように次々と浮かんでくる。

「久しぶりだな――」

そうして俺が一歩踏み出した瞬間のことだった。

ダッと地面を蹴る音が聞こえたかと思うと、朝華が視界から消えた。

「え？」

彼女は玄関ポーチから飛び出し、別荘の裏手へと走る。

「え？　え？」

いきなりのことに、俺の頭は状況の理解が進まない。

なんだ？

なんで、走り出して……

まるで逃げるみたいに……

「ちょ待てよ」

考えるよりも先に体が動いた。

遅れて俺も彼女のあとを追う。

朝華が裏の林の中に飛び込んでいく。

「おーい、朝華ァ」

もしかすると、俺が誰だか分からなかったのかもしれない。突然男が訪ねてきて、それで身の危険を感じたのかも……

走りにくい林の中で白い背中を追いかけながら、俺は叫ぶ。

「俺だよ、有月勇(ありつきゆう)だよ」

声が届いたのか、朝華は一瞬だけ立ち止まったが、再び駆け出す。

「朝華？」

何が何だか分からないまま、俺は朝華を追いかけ続ける。

「っていうか、速(はや)っ！」

＊

なんで？

なんでここに勇にぃが？

「朝華ァ」

「はぁ、はぁ」

のほほんとした雰囲気。

私の名前を呼ぶ温かい声。

そして、あの柔らかい目。

記憶の中の勇にぃと変わらない姿に……私は、私は……

「はぁ、はぁ」

胸の奥が熱い。

あの頃の思い出が鮮明に思い出される。

一緒にプールに行って、自由研究を手伝ってもらって、花火を見て、一緒にお泊まりをして、勇にぃの誕生日をみんなで祝って……

「はっ、はっ」

「待ってくれェ」

私がここにいるのを知っているのは父だけだ。となれば、父が余計な気を回して勇にぃを呼んだのだろう。

本当に余計なおせっかいだ。

私は、私は――

会いたくないんだから。

「来ないでください」

やがて林が途切れ、視界が青く染まる。

「あっ」

この先は崖だった。

私は崖の縁で立ち止まる。数秒遅れて、勇にぃが追いつく。

「朝華、俺だ。憶えてないか？」

「……」

海を渡った風に髪が煽られる。

私の心中とは正反対の清々しい青空が眼前に広がる。

様々な想いが胸の内で渦巻く。

「有月勇だよ。驚かせようと思って、華吉さんと——」

「このまま帰ってください、有月さん」

自分でも驚くほど冷たい声が出た。

「え？」

「それ以上近づいたら、私はここから飛び降ります」

＊

「それ以上近づいたら、私はここから飛び降ります」

「は？　ちょ、ちょっと待て」

状況が理解できない。

俺のことは憶えているようだ。だがこの冷たい態度は……

なんだ？　もしかして十年帰ってこなかったことを怒っているのか？

有月さんなんて、他人行儀な呼び方までして……

「東京に行ってから、一度も帰省しなかったのは悪かった。でも、それには事情が――」

「もう一度言います。お願いですから、このまま帰ってください、有月さん」

「……朝華？」

怒りを含んだ声色ではない。気持ちを押し殺したような震えた声、むしろこれは……

「お願いです、綺麗なままのあなたでいてください」

「……どういうことだよ。なんで俺から逃げるんだ？」

「私にとって、あなたは思い出の中の存在なんです。思い出の、最後の砦」

「思い出？」

「思い出は、汚れてしまったらもう二度と取り戻せないんです」

「何か、あったのか？」

「……」

「……」

波が岸壁にぶつかって弾ける音が数秒おきに聞こえてくる。

海面との差は優に三〇メートルはありそうだ。なんとか隙を見て朝華を安全な場所まで引き戻したいが……

できるだけ音を立てずに足を上げようとすると、朝華の体もわずかに動いた。

「近寄らないでください、と言ったはずですが」

「危ないから、話なら向こうでしよう。こっちへ来い」

「あなたが帰れば、私も戻ります」

なぜそこまで俺を拒絶するのか、朝華の真意がまるで分からない。

風の音と波しぶきだけが耳に残る。

どれだけの時間が経ったただろうか。

無限のように思えた沈黙を破ったのは朝華だった。

「お母さんが、言ったんです」

「お母さん？」

朝華の母とは十年前も会ったことがなかった。

数年前に不慮の事故で亡くなったと、富士宮に帰省してから知った。

「私の祖父が認知症というのは知ってますよね。その介護疲れで……ある日、お母さんが祖父のことをこう言ったんです」

早く死んでくれ、と呟いた朝華の声は、今にも泣き出してしまいそうなほどに震えていた。

「私は、お母さんがそんなことを言うのが信じられなくて、辛くて、悲しくて、でもお母さんはそのあとすぐに交通事故で死んじゃって、お母さんは私の中で綺麗な存在だったのに、お母さんのことが大好きだったのに、今お母さんのことを思い出すと、どうしても『早く死んでくれ』って呟く姿ばかりが目に浮かぶんです。お母さんとの思い出は、たくさんあったはずなのに、汚れて何も見えなくなってしまったんです」

「思い出が……汚れる」

「嫌なことがあっても、辛いことがあってもぐっと我慢して、子供時代の、あなたとの思い出を支えに頑張ってきたんです。でも、そうやって過去を拠り所にしていたら……いつからか、『今』を楽しく感じなくなったんです」

その時、朝華の足元に水滴の跡が点々としているのが見えた。

「だから私は、あなたとの思い出まで失うわけにはいかないんです。私にとって、思い出は何よりも大切なものなんです。失ってしまったら、もう二度と手に入らないから、失ってしまったら、生きている意味がなくなるから」

朝華は叫んだ。

「だから私はあなたに会いたくないんです」

「……そういうことか」

分からなくもない。

時間が経てば、たいていのものは変化する。

人にしろ、物にしろ、いつまでも同じ状態でい続けることはあり得ない。

そして、その変化が取り返しのつかないものにまで及んでしまうことが耐えられないということか。

大人になるにつれて人は汚くなる。社会人になって、綺麗ごとばかりで世の中が回っていないことに気づかされた時、たしかに俺もショックを受けた。

人に対して平気で悪意を向ける人間がこの世にいることに憤りを感じたこともある。

俺が、俺の人間性がそういうふうに変わってしまっていたら、俺との思い出を純真な気持ちで振り返ることができなくなる。

そういうわけか。

「悪かったな」

「何がです？」

「もっと早く東京から帰ってお前らのそばにいてやれば、支えになってやれたかもしれないのに」

「……そんなこと、今さら言われても困ります」

「俺もお前たちとの思い出を支えに十年頑張ってきたけど、結局体を壊して、東京での生活が嫌になって……逃げてきた」

「……」

「当時は根性のない奴だって、自己嫌悪でいっぱいだったけど、今になって思えば、その選択は間違ってなかったんだなと信じられる。困難には立ち向かうべきだけど、辛いこと、嫌なことからは逃げたっていいんだ。そんなもんを耐えたって何も得られない。心がすり減るだけだ」

「……」

「もし俺のことが嫌なんだったら、このまま俺から逃げればいい」

「……」

俺は一呼吸おいて、

「俺のことが嫌いか？」

「有月さん、論点が違います。私はあなたを嫌いになりたくないから会いたくないんです」

「……」

「……」

「……」

「……」

「……」

「……」

「……」

「……」

「もう、勇にぃって呼んでくれないのか？」

「……っ！」

「……」

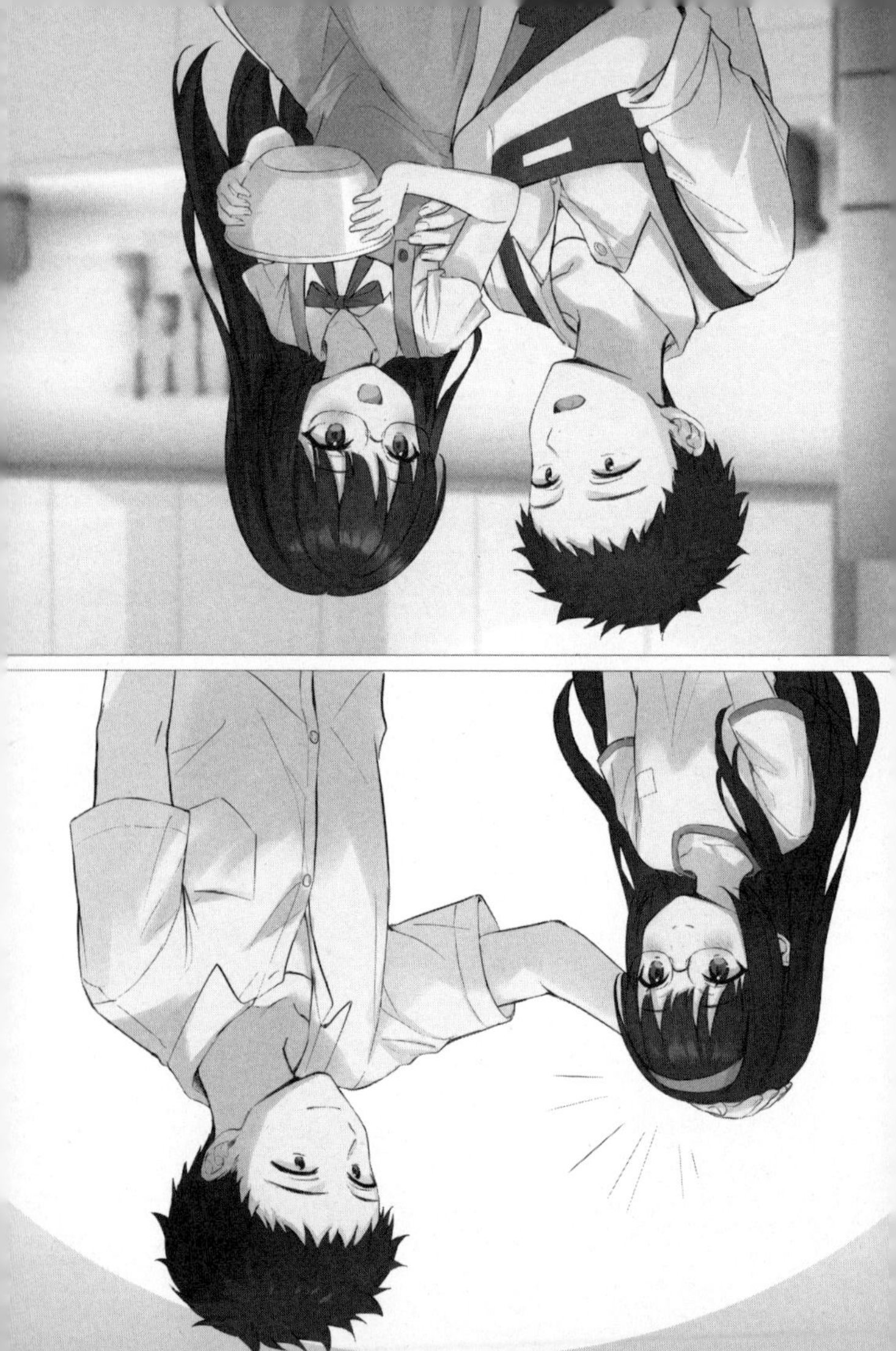

「……」

「……」

「……そんなの、ずるいよ」

朝華は振り向くと、はじかれるようにしてこちらに飛び込んできた。涙でぐしゃぐしゃに濡れた顔が俺の胸に収まる。

「勇にぃ」

「朝華」

朝華を抱きしめていると、不意に涙が込み上げてきた。朝華は俺の胸に顔をうずめたまま、子供のように泣きじゃくる。

「会いたかった、ずっと、ずっと、会いたかった……うわあああん」

「一人で辛かったな」

「ごめんなさい、ひどいこと言ってごめんなさい」

「気にすんな。俺こそ、十年も会いに来なくて、悪かった」

「もう、私を独りにしないでください」

しばらくの間、俺と朝華は抱き合って泣き続けた。十年という時間が溜め込んだ想いを吐き出すように。

やがて涙も収まると、朝華が突然言った。

「勇にぃ、お願いがあるんです」

「なんだ？」

「私は生きていても楽しくありません。だから――」

俺の胸に顔を寄せたまま、朝華は続ける。

「あなたを、私の生きる目的にしてもいいですか？」

2

「う、うーん」

蟬（せみ）の声がうるさい。

もう朝か。

薄ぼんやりした視界が窓から差し込む朝日を受けてだんだんと鮮明になっていく。

少し肌寒いのは冷房がついたままだからだろう。ひんやりとした空気が室内に満ちている。

ん？

冷房？

俺の部屋にはエアコンはないはずだが……

一瞬、自分がどこにいるのか分からなかった。数秒のち、ここが源道寺(げんどうじ)家の別荘であると気づく。

そうだそうだ、昨日この別荘にやってきて昨夜は華吉(はなよし)さん、朝華と共に中華料理を食べに行き、そのままここに泊まっていったんだ。

「ん？」

布団の中になんだか妙な圧迫感とぬくもりを感じる。

不自然に膨らんだ掛け布団。

よく見ると、まるで呼吸をするように小さく上下している。

「……」

いや、まさかな。

俺は恐る恐る布団をめくった。

「あっ」

中には朝華がいた。

俺の胸に顔を乗せ、朝華は満足そうに寝息を立てている。

「な、なんで？」

昨日ベッドに潜り込んだ時は一人だったと記憶している。いったい、いつの間に……

いや、それよりも驚くべきは朝華の服装だ。薄手のキャミソール一枚に下着だけという、とんでもない格好。彼女の大きな胸が押し付けられた腹部に熱がこもり、一瞬理性が吹っ飛びかけた。

こ、これはまずい。

というか、この柔らかな感触、こいつもしかしてノーブ——

全身の血が下半身に集中していく。

やばい。俺はとっさに父の裸を想像して昂（たか）ぶりを相殺する。

あ、危なかった。

「おい朝華、起きろ」

彼女の小さな背中を叩（たた）く。シミ一つない、シルクのような肌だ。

「朝華」

「うぅん？　あ、勇にぃ。おはようございます」

とろけた甘い声を出し、朝華はいっそう体を絡めてくる。

「おま、何やってんだ。いやマジで」

「勇にぃと一緒に寝たくなっちゃって。えへへ、子供の頃を思い出しますね」

悪びれる様子もなく、朝華は俺を抱きしめたまま動こうとしない。

ほのかに香る花のような甘い匂いと朝華の体温が、俺の理性を揺さぶる。

「勇にぃ、あったかいです」

「今はもう大人同士なんだから、そういうことは――」

言いかけて口が止まる。

朝華が目を潤ませて俺を見つめていたのだ。

「私のことが……嫌なんですか？」

「……嫌なわけないだろ」

「えへへ、じゃあ私のしたいようにさせてもらいますね」

それからしばらくの間、朝華は俺から離れようとしなかった。

やっぱりこいつは、十年経っても甘えん坊のままか。

昨日、朝華はこう聞いてきた。

俺を、自分の生きる目的にしてもいいか、と。

おそらく、今の朝華には精神的な拠り所が必要なのだろう。今を楽しむことができず、思い出を心の支えにしていたくらいだ。

その代わりが俺で務まるのなら、可愛い妹分のためだ、一肌脱ぐにやぶさかでない。それにもしあの場で朝華を拒絶したら、本当に崖下に飛び降りてしまうのではないかという危機感もあった。

だから俺はこう答えた。

『朝華のしたいように、していいよ』

とは言ったものの、まさか子供の時と同じようにべったりくっついて甘えてくるとは……

子供だったからよかったことも、今の基準に照らし合わせると完全にアウトではなかろうか。あの頃は高校生と小学生だったから、兄妹のような関係で健全だったのに、今はおっさんと女子高生。半分犯罪じゃないか。

「朝華、そろそろ起きよう。シャワー浴びたいんだ」

「はい、分かりました」

そうして俺は浴室へ向かう。さすがはお金持ちの別荘。個室に専用の浴室まで完備していることは恐れ入る。

「ちょっと待って朝華」

「はい？」

朝華はきょとんとした目を向ける。

「なんでついてきてんの？」

「背中を流してあげようと思いまして」

そう言って、朝華はにこりと微笑(ほほえ)んだ。

「背中って……」

キャミと下着だけという姿は目のやり場に困る。

「いや、いいよ」

「遠慮しないでください」

「遠慮というか……シャワー浴びるくらいだから……はっ！」

ここでまた断ると、拒絶されたと勘違いするかもしれない。朝華は昔からそういうところに敏感だった。となると……

「朝華、それより腹減ったからさ、朝食の準備ができているか見てきてほしいな。頼めるか？」

「はい、分かりました」

朝華がぱたぱたと出ていく。

「あ、服を着てけ！」

「はーい」

「全く」

無事にシャワーを浴び、身支度を整えていると華吉さんがやってきた。青い顔をしているところを見ると、二日酔いのようである。

「やあ、おはよう」

声がいつもよりこもっている。

「おはようございます」

「いやぁ、昨日は飲みすぎた。まだ頭が痛いよ」

「大丈夫ですか？」

「勇くんはしゃっきりしてるな」

「俺はほどほどだったので」

昨晩は深夜まで華吉さんと晩酌をした。朝華もいたのだが、もちろんアルコールは飲まず、夜遅くまでおっさんたちの酒盛りに付き合わせてしまった。

「今日は私はゆっくり休んでいることにするよ。朝華の相手は任せた。久しぶりに君に会えて、やっぱり喜んでいるようだね」

「え、ええ」

「それじゃ」

何はともあれ、こうして無事に朝華と再会することができたんだ。

三人のクソガキ全員と再会することができて、ようやく帰ってきたという実感が湧いてきた。

まあ、ここは湘南（しょうなん）だが。

＊

心が軽い。

まるで羽が生えたようだ。昨日まで鬱屈していた自分が嘘のように思える。目に映る全てが新鮮で、まるで初めて色というものを認識したかのように、世界は鮮やかだった。

「ふんふふーん、ふんふふーん」

私は軽やかな足取りで廊下を駆け、勇にぃの部屋に戻った。

「勇にぃ、もう少しで朝ごはんですよ」

「おう」

勇にぃの姿を見るだけで、心が満たされていく。そして彼に触れれば、全身に幸福の源が注ぎ込まれていくような心地だった。

勇にぃの手を取り、両手で包み込む。ごつごつした大きな手。昔から私を撫でてくれた、大好きな手。

「どうした？　朝華」

「なんでもありません」

今この時間が永遠に続けばいいと思えるほどに、私は幸せだった。

あんなに会うことを拒絶していたのに、今では勇にぃのいない人生なんて考えられない。

この人のために生きよう。

この人は私の生きる目的なのだから。

私は改めてそう思った。

＊

「ふう」

食後のコーヒーを飲み終え、リビングのソファーでくつろいでいると朝華もやってきた。

てっきり隣に腰を下ろすのかと思いきや、彼女はごろんとソファーの上に寝転がり、頭を俺の膝の上に乗せてきた。

「勇にぃ」

「おいおい朝華、もう高校生だろ？」

「えへへ、だって、久しぶりですもん」

十年前でもこんなことはしなかったような気もするが……

「しょうがないやつだな」

「ずっとこうしたかったんです。勇にぃ、もうどこにも行かないでくださいね」

「ああ、ずっとお前らのそばにいるよ」

「もし勝手にいなくなっちゃったら、どこまでも、地の果てまでも追いかけますからね」

「はっはっは、怖いな」

朝華も冗談を言うようになったか。

「朝華も夏休みは静岡に戻ってくるよな？」

「はい！　四人で過ごす夏休み、今から楽しみです」

朝華は眼鏡を外してテーブルの上に置く。

「勇にぃ、撫でてください」

「お前は本当に犬か猫みてぇだな」

あんなに小さかった朝華が人形のような美少女に成長していて驚いたが、中身はほとんど変わっていないようだ。

眞昼なんかはクソガキ時代のやんちゃぶりを残しつつも、芯はしっかり者に成長していた。けれど、朝華はいい意味でも悪い意味でも子供のままのように感じる。

それだけ、思い出に囚われてしまっていたのだろう。

俺との思い出を心の支えにするくらい大事にしていてくれたのは嬉しいけれど、それが朝華を十年間縛り付けてしまっていたのだと思うと、複雑な気持ちだ。

俺も未夜と再会するとなった時、あいつが本当にギャルかヤンキーになってしまっていたと勘違いして、途端に会うのが怖くなってしまったから朝華の気持ちはよく分かる。

変化を受け入れるのは、すごく勇気がいるもんだ。

艶やかな髪を撫でると、朝華は顔を俺のお腹の方へ埋め、手を腰に回して抱き着いてきた。

「ちょっ、朝華、その体勢はまずい」

見る者が見たら、勘違いされかねない。

「何がですか」

朝華の声と吐息が下腹部に沁み込む。

「何がって」

俺は父の裸と華吉さんの裸を思い浮かべて昂ぶりにぶつける。

「うふふ、勇にぃ」

その時、ドアのすりガラスの向こうに人影が見えた。まずい、あのシルエットは華吉さんだ。こんなところを見られたら、またあらぬ疑いをかけられるかもしれない。

俺の脳裏をプロレスごっこの記憶がよぎった。

ぎぃっと、ドアが開いた瞬間――朝華はまるで磁石が反発するかのように素早く俺から離れ、済まし顔でソファーに座りなおした。

「おお、二人ともいたのか」

朝華は眼鏡をかけながら、

「お父さん、今起きたんですか？　もう十時ですよ」

「二日酔いがひどくてな」

「もう少し寝ていたほうがいいですよ。勇にぃ、行きましょう」

朝華に手を引かれ、俺は外へ出た。

別荘のある丘の横手に位置する、源道寺家のプライベートビーチ。白い砂浜に打ち寄せる波は陽光を受けて煌めいている。空と海の青が交わる水平線にはヨットが浮かんでいた。

「綺麗な海だな」

左手の丘を見上げると、昨日朝華と再会した崖の先端が見えた。あの高さから落ちたら、まず助からないだろう。

サンダルを脱ぎ、白いワンピースの裾を持ち上げながら朝華は海へと入る。色白い生足がもも の辺りまで露わになり、俺はとっさに目を逸らした。

「ひゃ、冷たいです」

ぱちゃぱちゃとしぶきを上げながら、朝華はどんどん進んでいく。

「勇にぃも来ましょうよ」

「しょうがねぇな」

そういえば、海で遊ぶのも久しぶりだ。水着がないのであまり激しくはできないが。朝華に追いつこうとするも、彼女はどんどん先へ進んでいく。

「おい、あんまり深いところまで行くなよ」

「分かってますって、――あっ」

砂に足を取られたのか、朝華はバランスを崩す。

「言わんこっちゃない」

俺は駆け出し、朝華の手を取る。

「捕まれ」

「わわっ」

そのまま朝華は俺の方へ倒れ込み、足場が不安定な砂もあってか、俺も一緒に倒れてしまった。

二人一緒にずぶ濡(ぬ)れになる。

「おい、ケガはないか？」

「大丈夫です」

「全く――っ！」

白いワンピースが海水で濡れ、ライトブルーの下着が透けている。大きなお山を包む水色の布に、ワンピースの薄い生地が張り付いている。

「勇にぃ？　どうしました？」

「ま、前隠せ。透けてんぞ」

「あっ……勇にぃのえっち」

「ふ、不可抗力だろ」

全身海水まみれになってしまった。これは風呂に入って、服も洗わなくては。

「朝華、別荘に洗濯機ってあるか？」

「はい、あります」

別荘からビーチまでは崖を切り抜いた石階段がある。傾斜の厳しい階段を上り終え、裏口から別荘に入った。

「勇にぃ、どうせなら露天風呂に入ってください」

「そんなのがあんのか？」

「はい、今の天気なら海が綺麗に見えますよ。こっちです」

朝華に案内され、二階の屋外浴場へ案内される。

足元には玉砂利が敷かれ、温泉風の石造りの浴槽にはすでに湯が張られていた。海に面した方へ目をやると、ちょうど林の切れ間があってその向こうに青い海が望めた。緑と青のコントラストが目に優しい。

「おお」

「濡れた服は向こうの籠に入れておいてください。着替えも持ってきますね」

「悪いな」

朝華が出て行ってから、俺は服を脱いで生まれたまんまの姿になると、シャワーで海水を洗い流してから湯に飛び込んだ。

「ほおお」

気持ちいい。

自然の風景を楽しみながら湯に浸かるのがこんなに気持ちいいとは。

これはくせになるな。だらっと脱力しながら体を伸ばす。

青空を鳥が横切っていく。

至福の時だ。

その時、ガラガラと音がした。ぺたぺたと歩く音も聞こえる。

「着替えを持ってきましたよ」

朝華の声だ。

「ありがと」

「服は洗濯中です。乾燥機もあるので、すぐ乾きます」

「ありがとな」

「湯加減はどうですか?」

「ああ、ちょうどいいよ」

「そうですか。では私もお邪魔しますね」

ちゃぽん、と水面に波が立った。

「……へ？」

3

〈ムーンナイトテラス〉の店内。今日も今日とてテスト勉強だ。勇にぃは今日の夜に帰ってくるらしい。

「朝華びっくりしただろうね」

私が言うと、眞昼はシャーペンを握る手を止めて、

「完全なサプライズだったからな」

「朝華、ずっと会いたがってたからねぇ」

「子供の時みたいに、べったりくっついてたりしてな」

「まさか、そんなことないって。もういい大人なんだから」

朝華は一歩引いたところから全体を見るような大人びた性格だから、きっと勇にぃも驚いただろうな。

「そりゃそうか」

「そうだよ」

子供の頃ならあり得たかもしれないけれど、今の朝華に限って、そんなことないって。

「あははは」

「そういえば、あそこの別荘ってビーチがあったよな」

眞昼が思い出したように言った。

湘南(しょうなん)の別荘には数年前に私と眞昼も遊びに行ったことがあった。泳ぐのは苦手だけれど、水辺で遊ぶのは好きである。

あの時は三人だけで遊んだっけ。

「二人して、一足先に泳いでるかもね」

青い海、白い雲、そして灼(や)けた砂浜。

潮風と蟬(せみ)の鳴き声をBGMに、泳いで遊んで食べて……

考えるだけで気分が盛り上がってくる。何より今年は勇にぃがいるのだから。

「ああ、羨ましいな。あたしも早く泳ぎてぇな」

眞昼はテーブルの上に肘をつき、両手で顔を支える。

「そんなことより眞昼、手が止まってるよ。夏休みの前に、まずはこのテストを乗り切らなきゃ」

「分かってるよ。ていうか、未夜だって顔がだらけてるぞ」

「だ、だらけてないもん……顔がだらけるって何!?」

「あ、おじさん、コーラおかわり」

夏休みが楽しみだ！

＊

「え？」

湯に白い柔肌が沈んでいく。

「気持ちいいですね」

肩が触れ合い、湯温以上の熱がそこに生まれた。

「あ、朝華？」

俺はとっさに前を手で隠す。

「お、おま、お、おま」

タオルで前を覆っているが、湯船に入ってしまえばタオルはゆらゆらと漂い、隠す効果は薄くなる。

「子供の頃、一緒にお風呂に入った仲じゃないですか。憶（おぼ）えてないですか？」

台風の夜、源道寺家に泊まらせてもらった時、たしかに朝華と一緒に風呂に入ったが
……

「そうだけど、そうだけど」

あの時の朝華は水着を着ていたが、今は布切れ一枚だ。

「したいようにさせてもらいますね。言質はもう取りましたから」

腕を絡ませ、体を寄せてくると同時にむにゅっとした感覚が俺を襲う。

「――っ」

それから朝華は俺の上に馬乗りになって、そのまま自分の体を預ける。衣類がない分、感触が直に伝わる。

長い髪を上げてまとめており、白いうなじが露わに。

「おい、何やってんだお前」

「離しません」

背中へ腕を回し、顔を俺の首元に。

湯に浸かり始めてまだ五分と経っていないのに、もう頭がくらくらしてきた。

「勇にぃ、今日で帰ってしまうんでしょう？　またしばらく会えなくなっちゃうから」

そうして、朝華は俺の首に唇を寄せる。

「朝華？」

首元で、ちゅっと、小さな音が鳴った。

「勇にぃの匂い、好きです。変わってないですね」

俺はひたすらに今まで出会ったおっさんたちの裸を想像する。そうでもしなければ、自

分が自分で抑えられなくなる。

朝華は兄貴分として俺を慕っているだけなんだ。妹分に変な気を起こすなんて、絶対にダメだ。

ふわりと香る朝華の匂いと全身を包む湯の熱気で、頭がぐわんぐわんしてくる。

「あ、朝華……」

「勇にぃ、私はあなただけが生きる目的なんです。あなたが私の全てです。だから、私も全部あなたに捧げます。頭のてっぺんから、足の先まで、私は……あなたのものです――」

そこから先の記憶はなかった。

「はっ――」

気がつくと、俺はリビングのソファーの上に寝かされていた。

「あ、あれ？」

「お、気づいたか」

向かいのソファーに座った華吉さんが声をかける。

「え？　あれ？　なんで……」

「のぼせて気を失うなんて、やっぱり勇くんも二日酔いだったんじゃないか？　偶然朝華が様子を見に行かなかったら、危ないところだったぞ」

「はぁ、すいません」

どうやら俺はのぼせて気絶してしまったらしい。朝華と一緒に――というか一方的に――風呂に入ったような気がするが……

「勇にぃ、お水どうぞ」

キッチンの方から朝華がコップを手にやってきた。

「ああ、ありがとう」

冷たい水が喉に染み渡る。

「勇にぃ」

朝華は俺の方へ顔を寄せると、

「一緒に入ったのは内緒ですよ」

そう囁(ささや)いた。

「……」

やはり朝華と同じ湯に浸かったのか。

いくら見知った間柄だといっても、現役JKと入浴するなんてほぼ犯罪じゃないか。眞昼(まひる)といい、朝華といい、もう少し貞操観念を持った方がいいな。朝華に関しては、子供の時と同じように接しているだけかもしれないが。

そういえばあの時――気を失う直前、朝華は何かを言ったような気がするが思い出せない。

だが、そんなことを華吉さんの前で聞くわけにもいかず、俺はその日を悶々と過ごした。

夕食は華吉さんのはからいで、ビーチでバーベキューを楽しんだ。

水平線に沈んでいく夕陽を見ながら、グリルを囲む。

「勇にぃ、おひとつどうぞ」

朝華が缶ビールを手渡してくれた。

「ああ、ありがと……って飲まねぇよ。今日帰るんだから」

「あら、残念」

「朝華、お父さんは飲むぞ」

「それくらい自分で取ってください」

「あ、うん」

肉を皿に移していると、朝華が傍によって大きく口を開けた。あーん、しろということか。全く子供じゃないんだから。

「ほれ、熱いぞ」

「あむ」

唇についたタレを舌でぺろりと拭うのが艶めかしい。

唇……？

不意に首元に熱い感触が蘇（よみがえ）ったような気がした。

「どうしました？　勇（ゆう）にぃ」

「ああ、いやなんでもない」

そして夕食後、俺は帰り支度を始めた。

「じゃあ、帰るよ」

「はい」

「気を付けてな」

「お世話になりました」

俺はシビックに乗り込み、エンジンをかける。長いようで短かった、濃密な二日間だった。

色々あったが、十年ぶりに朝華（あさか）に会えてよかった。

「じゃあな」

窓を開けると、朝華が顔を突っ込んできた。甘い香りが鼻腔（びこう）をくすぐる。

「勇にぃ、楽しかったです」

「おう、夏休みになったらまた遊ぼうな」

「はい。私に会いに来てくれてありがとうございました。きっと私からじゃ、ずっと勇気が出なかったと思います」

「じゃあ今度は朝華から会いに来てくれよな」

「はい、必ず」

名残惜しそうに朝華は離れていく。

あの寂しそうな顔に、幼い頃の朝華の面影が浮かび上がった。さよならをする時の寂しそうな顔が……

どうせまた明日会えるのに、朝華は別れ際にいつも寂しそうにしていたっけ。

「それじゃ、またな」

車を走らせ、俺は源道寺(げんどうじ)家の別荘を後にした。

「あっ」

東名に入ってから、俺は朝華に借りた着替えのままであることに気づいた。

自分の着ていた服も源道寺家の別荘に忘れてしまっている。

「……まあ、いっか」

今度会った時に返せばいいだろう。

夜の高速を駆け抜ける。

朝華の甘い残り香が車内に満ちていた。

＊

勇にぃは服を着替えないまま帰ってしまった。

せっかく洗濯したのに。

シャツもズボンも、そして下着も……

「……はぁ」

勇にぃの匂いが私の鼻腔を満たす。

「好き」

とても、幸せ。

epilogue

エピローグ

1

いい天気だ。

今日も富士山がよく見える。

東の空から差し込む朝日を目に焼き付け、俺はテラス席の掃除を始めた。北にそびえるあの大きな富士の山を見ると、ほっと心が落ち着く。

湘南に滞在したのはほんの二日間だったのに、まるで二週間近くいたような錯覚に陥る。

それだけ濃密な二日間だった。

朝華との劇的（？）な再会から始まり、子供の時のような朝華とのやりとり、そして別れ。

思い出すだけで体が熱くなる。

同時に思い返されるのは、あの柔らかで、すべすべとした肌の感触。そしてまとわりついてくる蠱惑的な香り……

馬鹿！

朝華は俺を信頼しているのにそんなことを考えるなんて恥を知れ。

そもそも妹分に劣情を抱くなんてとんでもない。

まあ、それはそれとして朝華の人生に道しるべができたのはいいが、俺にその役目を全うすることができるだろうか。

結局のところ、朝華が感じていた『変化への恐怖』の問題が解決したわけではない。

きっとあいつは今でも思い出の世界と現実の世界の変化に憂いを感じているのだろう。

変わりゆく世界を止めることは誰にもできない。

思い出は振り返ることしかできない。

だから、人は『今』をなんとか楽しむことしかできない。

朝華が前を向いて生きていくために、俺にできることがあればなんだってしてやろう。

可愛(かわい)い妹分の一人なのだから。

ただ、あまり過度なスキンシップは控えてもらいたいけれど。

掃除を終え、店内に戻る。

次に朝華と会うのは夏休みに入ってからだ。

あと二、三週間ぐらいか。

未夜(みや)、眞昼、朝華。

あいつらと過ごす夏がもうすぐそこまで近づいている。

楽しみだ。

2

「暑いなぁ」

お日さまは沈みそうで沈まない。

探偵に詰められる殺人犯のように、西の空で粘っている。首元の汗をタオルで拭い、私は早足で学校を出た。

放課後、私は気合とやる気を入れるために〈ムーンナイトテラス〉に寄った。

カフェオレを注文し、奥のテーブル席へ。

今週の水木金はいよいよ期末テストだ。

今日明日が正念場。

とはいっても、もうだいたい頭に詰め込んである。ケアレスミスさえ注意すれば何も問題はない。

自分で言うのもあれだけれど、私はそこそこデキる女だ。

あとは全体的な見直しをして、本番に挑もう。

数分後、勇にぃがカフェオレを運んでくる。

「あれ？　眞昼は来ねぇのか？」

「眞昼はちょっと用事があるから、それを済ませてから来るって」

「ほー」

「それより勇にぃ、朝華は元気だった？」

久々——十年ぶり——に勇にぃに会えて、しかもサプライズで。朝華は相当驚いたことだろうし、勇にぃも朝華の成長に驚いたはずだ。

子供時代は妹キャラの甘えん坊さんだったけれど、お嬢様学校での教えもあってか、今では清廉潔白な令嬢といった雰囲気で私たち三人の中で一番大人びている。

実は朝華がそんな風に成長していたということを勇にぃには今までずっと教えないでおいた。朝華のギャップに驚くだろう、といういたずらごころである。

「……え、あ、うん。元気だったぞ」

「？」

なんだか変な間があったような気がする。

「何その反応？」

「何がだ？」

「朝華と会ったんでしょ？」

「ああ、そうだな。元気にしてたぞ」

「ふーん」

……どうも様子がおかしい。

声に抑揚がないし、ぎこちない気がする。湘南で何かあったのだろうか。

不穏な想像が脳裏をよぎる。

いやまさか、朝華に限って変なことはしないだろう。良識のある大人なんだし、子供じゃないんだから。

眞昼じゃないんだし。

そりゃあ十年前は朝華が一番勇にぃにべたべたくっついていたけれど、さすがに高校生になって同じようなことはしないはず。

でもこの勇にぃの反応……

気になる。

かまをかけてみるか。

「朝華、全然変わってなかったでしょ？」

「ああ、あの甘えん坊は全然変わってなかったな」

「え？」

「な、なんだ？」

「変わってなかった……の？」

「そうだな、見た目もそうだし、中身も昔とほとんど一緒だったな」

「そ、そう」

「そういう意味じゃ眞昼と一緒だ。クソガキの頃と変わってないからな」

「あはは」

「――あ、はーい、今行きまーす」

他のお客さんに呼ばれて、勇にぃはそちらの応対に向かった。

私は今の会話を反芻する。

見た目もそうだし、中身も……？

そして甘えん坊という言葉……

変わってなかった……

「……」

ま、まさか、あの勇にぃのぎこちない反応から察するに……子供の時と同じように勇にぃに接したの!?

いやいやいやいや、それはアウトだって。

思い返せば、子供時代の朝華の甘えぶりは尋常じゃなかった。

台風の時に帰れなくなった勇にぃが源道寺家に泊まらせてもらって、一緒にお風呂に入ったり、一緒のベッドで眠ったこともあると聞いた。

でもそれは妹が保護者としての兄に甘えるようなものであって、今の年齢でそれをやると確実に国家権力のお世話になる。

まあさすがにそこまではいかないだろうけど。

でもあの朝華がなぁ。

しっかり者の妹分だと思っていたけれど、勇にいの前だと子供に戻っちゃうんだなぁ。

「……」

どこまでやったんだろう。

き、気になる。

テスト前で集中しないといけないのに、気が散って勉強が手につかない。

脳のリソースが朝華と勇にいに奪われていく。

これはまずい。

私はスマホを取り出し、店の外に出る。

十秒ほどで朝華が出た。

「未夜ちゃん？」

「あ、朝華？」

「どうしたの？」

「いやさ、勇にいと話しててさ、ほら、勇にい、昨日までそっちにいたから」

「うふふ、そうだね」

「久しぶりに朝華に会えて嬉しそうだったよ」

「私も嬉しかった」

なんだか声や話し方が柔らかい気がする。普段はもっとキリってしてるのに。

「ど、どうだった？　十年ぶりの勇にぃは」

「……すごかった」

「へ？」

すごかった？

な、何その思わせぶりな言い方。

まさか、私の想像以上のことを……？

はっ！

そうだ、もう二人は大人の男女。

一組の男女、海辺の別荘、二日間。もしこれが恋愛小説の世界だったら、何も起きないはずがない。

「来るのがいきなりだったから、すごくびっくりしちゃって」

「ああ、そういうことね。いや、どんなことしてたのかなぁって。ほら、私たちもう大人だし……」

「変な心配しなくても大丈夫だよ。子供の時と同じように一緒にいただけだよ」

「そう、そうだよねぇ」

「うん、お父さんも一緒だったし、三人で楽しく過ごしたよ」

「そうなんだ」

そうだよね。

私の桃色の想像は杞憂に終わってくれたようだ。

よかったよかった。

それから近況を伝え合い、通話を終える。

「じゃ、朝華、また夏休みにね」

「うん、バイバイ」

「はーい」

もう、心配して損しちゃったよ。

店内に戻り、私はノートと問題集を開く。自分でも驚くほどさくさく進んだ。

期末テスト、これはいい線イケそうな気がする。

あとがき

第一巻では十年という時の流れを『ギャップ』というテーマで表現しました。第二巻のテーマは『思い出』。遠い過去の楽しい思い出とそこにはもう戻ることのできない現実。

子供に戻ってみたい。

それは誰もが一度は思い描いた夢でしょう。

思い出を心の拠り所にしていた朝華は、その美しい思い出が汚れてしまわないように勇との再会を拒みます。

第一巻では成長による未夜のギャップを描きましたが、朝華は良くも悪くも成長していませんね。いや、より正確に言うのなら、朝華は成長を拒みながらも時の流れには逆らえず、現実から目を背けようと後ろ（過去）を向いて生き続けてしまっていたのでした。

後ろ向きに歩いても前（未来）は見えないし、目指すべき過去は遠ざかっていくばかり。

そんな歪さが、朝華の心をいっそう思い出に執着させたのかもしれません。

そんな朝華ですが。勇と再会したことで思い出への依存が勇への依存へとそっくりそのまますり替わってしまいました。

極端から極端へ。ヤンデレヒロイン誕生の瞬間です。

まあ、勇に好きなようにしていいって言ってもらえたからね、言質はもう取っちゃったからね。しょうがないね。

なお、朝華を思い出に縛り付けるきっかけとなった母の一言、そして祖父の介護事情ですが、あくまであれは小学校五年生だった子供の朝華の認識であって、実際に朝華の母が祖父に対してそう言ったことは事実ではあるものの、そこに至るまでの事情や過程、ニュアンスなどはまだまだ語られていない部分があるのです。まぁ、この辺りの源道寺家の事情についてはまたいつか描くべき機会があれば。

さて、この巻で主人公とメインヒロインたちの紹介は終わりました。成長した三人のクソガキと勇が織りなすラブコメ物語。四人で過ごす夏休みをお楽しみに！

最後にこの場をお借りしまして、この物語を本として世に送り出すきっかけとなった初代編集Yさん、心より感謝を込めて、クソガキたちを見つけてくださりありがとうございました。

二〇二三年二月某日　館西夕木

10年ぶりに再会したクソガキは清純美少女JKに成長していた 2

発　　行　2023年4月25日　初版第一刷発行

著　　者　館西夕木

発 行 者　永田勝治

発 行 所　株式会社オーバーラップ
〒141-0031　東京都品川区西五反田 8-1-5

校正・DTP　株式会社鷗来堂

印刷・製本　大日本印刷株式会社

Printed in Japan　ISBN 978-4-8240-0464-2 C0193

オーバーラップ　カスタマーサポート
電話：03-6219-0850 ／受付時間 10:00～18:00（土日祝日をのぞく）

作品のご感想、ファンレターをお待ちしています

あて先：〒141-0031　東京都品川区西五反田 8-1-5 五反田光和ビル4階　オーバーラップ文庫編集部
「館西夕木」先生係／「ひげ猫」先生係

PC、スマホからWEBアンケートに答えてゲット!

★この書籍で使用しているイラストの『無料壁紙』
★さらに図書カード（1000円分）を毎月10名に抽選でプレゼント!

▶https://over-lap.co.jp/824004642
二次元バーコードまたはURLより本書へのアンケートにご協力ください。
オーバーラップ文庫公式HPのトップページからもアクセスいただけます。
※スマートフォンと PC からのアクセスにのみ対応しております。
※サイトへのアクセスや登録時に発生する通信費等はご負担ください。
※中学生以下の方は保護者の方の了承を得てから回答してください。

オーバーラップ文庫公式 HP ▶ https://over-lap.co.jp/lnv/